Round the World in Eighty Days

푸 른 숲
징 검 다 리
클 래 식
0 0 9

80일간의 세계 일주

Round the World in Eighty Days

쥘 베른 지음

송무 옮김

푸른숲주니어

'푸른숲 징검다리 클래식'을 펴내며

어린 시절, 할머니께서 조근조근 들려주시던 옛날이야기는 새로운 세상과 통하는 작은 창이었다. 상상의 날개를 달고 떠나는 창 너머 세상으로의 여행은 들어도 들어도 질리지 않는 재미와 마음속 깊은 곳을 울리는 감동을 선사해 주곤 했다. 그뿐 아니라 우리의 삶을 어떻게 꾸려 가야 하는지 곰곰이 생각해 보게 하는 지혜를 가르쳐 주었다. 말하자면 우리는 그 이야기들을 통해 '삶'을 배운 셈이다.

우리가 문학 작품을 읽어야 하는 까닭 또한 '삶을 배운다'는 점에서 크게 다르지 않다. 우리는 한 편 한 편의 문학 작품을 만나 사랑을 배우고, 우정을 배우고, 진실을 배우고, 지혜를 배운다.

그런 점에서 '푸른숲 징검다리 클래식'은 참 의미가 깊다. 오랜 세월을 거치며 각 나라의 문학사에 확고히 자리매김한 작품들을 한데 모았기 때문이다. 문학을 사랑하는 사람들이 즐겨 읽어 세계적인 명저로 일컬어지는 작품들……. 이를테면 우리 부모 세대, 아니 그 이전 세대부터 즐겨 읽었던 작품들로 많은 이들에게 삶의 의미와 가치를 일러주고, 또 '인생'이란 망망대해에서 등대 역할을 담당했던 것들이다.

세월이 흘러 사람들이 사는 모습도 달라지고 생각도 달라졌다. 그러나 시대와 장소를 뛰어넘어 변하지 않는 것이 있다. 바로 '삶'이다. 사람이 있는 곳이라면 어디든지 존재하는 삶은 항상 저마다의 무게를 떠안고 있다. 그 무게는 진실이라는 옷을 입고 문학 작품 속에 영원한 생명을 불어넣는다. 우리는 그것을 '고전'이라 부른다.

그러나 제아무리 훌륭한 고전이라 해도 독자가 읽고 소화할 수 없다면 아무런 소용이 없다. 지나치게 방대한 분량과 길고 어려운 문장은 책을 읽으려는 청소년들의 의지를 꺾을 뿐 아니라 좌절감마저 불러일으킨다.

'푸른숲 징검다리 클래식'은 바로 그러한 점을 염두에 두고 기획된 세계 명작 시리즈이다. 작품이 본디 지닌 맛과 재미를 고스란히 살리면서 우리 청소년들이 읽고 소화하기 쉽게 글을 다듬었다.

그리고 본문 뒤에는 현직 국어 교사들이 직접 쓴 해설을 붙였다. 작가나 작품에 대한 풍부한 설명은 물론, 그 작품들이 지니고 있는 현재적 의미까지 상세하게 짚어 보이고 있다. 아울러 해설 곳곳에 관련 정보를 담은 팁과 시각 자료를 배치해, 읽는 재미를 넘어 보는 재미까지 만끽할 수 있도록 했다.

아무쪼록 '푸른숲 징검다리 클래식'을 통해 우리 청소년들의 삶이 더욱더 깊고 풍성해지기를…….

2006년 4월
기획위원 강혜원·계득성·전종옥

| 차례 |

제 1 장

포그와 파스파르투

1872년, 런던의 새빌로 가 7번지. 이곳에 '개혁 클럽'의 회원인 필리어스 포그가 살고 있었다. 그는 워낙 말이 없고 남의 이목을 끌지 않으려 애를 쓰는 사람이어서, 어떤 사람인지 제대로 알고 있는 이가 거의 없었다. 그런데도 그는 개혁 클럽의 회원들 가운데서 가장 눈에 잘 띄는 특이한 사람이었다.

그는 마흔 살쯤 되어 보이는 잘생긴 신사였다. 사람들은 그를 대단한 멋쟁이라 여겼을 뿐 아니라, 상류층의 다른 어떤 신사들보다도 돋보이는 사람이라 말하고들 했다. 그러나 그에 대해 말할 수 있는 것이라고는 그것이 전부였다.

포그가 영국 사람인 것은 분명했지만, 런던 출신인지는 분명하지 않았다. 그는 여느 신사들이 자주 드나드는 런던 중심가의 은행이나 증권 거래소 같은 곳에 한 번도 모습을 나타낸 적이 없었다. 뿐만 아니라 그 어떤 협회나 위원회에도 참석한 적이 없었으며, 대법원이나 왕실에서 이름이 거론된 적 역시 단 한 번도 없었다.

그는 사업가도 아니었고 지주도 아니었다. 그렇다고 과학자나 작가로 이름을 날리는 사람도 아니었다. 런던에 모여 있는 수많은 단체 가운데 그 어느 것에도 이름이 올라 있지 않았다. 그는 언뜻 직장도, 직업도 없는 사람처럼 보였다.

포그는 그저 개혁 클럽의 회원일 뿐이었다. 이처럼 수수께끼 같은 인물인 포그가 어떻게 그 유명한 개혁 클럽의 회원이 되었을까. 알고 보면 간단했다. 그가 거래하고 있던 베어링 은행의 은행장이 자기 은행의 중요한 고객이었던 포그를 추천했고, 그것이 받아들여진 것뿐이었다.

그렇다면 포그는 부자일까? 물론이다. 그는 분명히 부자이다. 하지만 그가 어떻게 재산을 모았는지 아는 사람은 한 명도 없었다. 그는 돈을 물 쓰듯 하지는 않았지만, 딱히 인색하게 굴지도 않았다. 반드시 해야 하는 일이거나 자선을 베풀어야 할 때는 언제든 말없이 나섰으며, 때로는 익명으로 많은 돈을 기부하기도 했다.

포그는 말이 없는 사람이었다. 가능한 한 말을 아꼈기에 더 신

비로워 보이는지도 몰랐다. 일상생활이나 습관에 이렇다 할 비밀이 있는 것도 아니었다. 오히려 날마다 정확한 시간에 똑같은 일을 되풀이했기 때문에 모든 것이 명확하게 드러나 있었다. 그 때문에 사람들은 그의 정체와 과거를 더욱 궁금하게 여겼다.

포그는 여행을 한 적이 있을까? 아마 그랬을 것이다. 그만큼 세계의 곳곳을 잘 알고 있는 사람도 드무니까. 그는 어느 나라 어느 도시에 관해서든 아주 정확한 지식을 갖고 있었다. 이따금 먼 나라의 오지를 여행하던 사람이 실종되었다는 소식이 들려와 클럽 회원들이 구구한 억측을 늘어놓으면, 그가 나서서 그 여행자에게 일어났을 법한 일을 단 몇 마디로 간단히 설명해 주곤 했다. 나중에 보면 그의 설명이 대개 들어맞았다. 그는 가 보지 않은 데가 없는 사람 같았다. 적어도 상상 속에서라도 말이다.

그러나 포그는 지난 몇 년 동안 런던을 한 번도 떠난 적이 없었다. 새빌로 가 7번지 저택에서 개혁 클럽 사이를 오가는 길 외에 다른 곳에서는 그를 본 사람이 아무도 없었을 정도였다.

포그는 신문을 읽고 휘스트 게임(네 명이 둘씩 편을 짜고 하는 카드 놀이의 일종—옮긴이)을 하며 하루를 보냈다. 휘스트는 말이 필요 없는 게임이어서 그의 성격과 딱 맞아떨어졌다. 그는 휘스트 게임에서 돈을 자주 따는 편이었는데, 그 돈은 항상 자선 사업을 위해서 썼다. 누가 보아도 돈을 따기 위해서가 아니라 게임 자체를 즐기는 것 같았다. 그에게 그 게임은 움직일 필요도,

힘을 들일 필요도 없는 즐거운 도전이었다.

포그에게는 가족은 물론 친구조차 변변히 없었다. 새빌로 가 7번지의 저택에 혼자 살고 있었는데, 여태껏 그의 집에 들어가 본 사람은 아무도 없었다. 집안일은 하인 한 명이면 충분했다.

그는 매일 정해진 시간에 클럽으로 가서, 항상 같은 방의 같은 식탁에 앉아 점심과 저녁을 먹었다. 동료들과 어울려 식사를 한다거나 누군가를 집으로 초대한 적도 없었다. 그렇게 하루의 대부분을 클럽에서 보냈고, 자정이 되면 어김없이 집으로 돌아와 잠자리에 들었다.

새빌로 가의 저택은 그리 호화롭지는 않았지만 매우 안락했다. 주인의 생활 습관이 워낙 규칙적인 데다가, 하루 종일 클럽에서 지내기 때문에 하인이 할 일은 그다지 많지 않았다. 하지만 포그는 하나뿐인 그 하인이 모든 일을 아주 정확하고 규칙적으로 해 주기를 바랐다.

10월 2일, 포그는 하인 제임스 포스터를 해고하기로 결정했다. 그가 중요한 규칙을 어겼기 때문이다. 포그의 면도용 물은 섭씨 30도라고 정해져 있는데, 포스터가 가져온 물은 29도밖에 되지 않았다. 변명의 여지가 없는 잘못이었다.

그래서 포그는 지금 오전 11시에서 11시 30분 사이에 오기로 되어 있는 새 하인을 기다리는 중이었다. 그는 안락의자에 꼿꼿이 앉아 있었다. 두 다리를 나란히 붙인 다음 두 손을 무릎 위에 올려놓은 채 허리를 똑바로 세우고 고개를 높이 쳐든 자세였다. 그는 시계 바늘의 움직임을 조용히 지켜보고 있었다. 초, 분, 시 뿐만 아니라 날짜와 연도까지 표시되는 근사한 시계였다. 시계가 11시 30분을 가리키면, 그는 평소와 다름없이 클럽으로 향할 참이었다.

그때 문을 두드리는 소리가 들렸다. 이윽고 포스터가 문을 열고 들어와 말했다.

"새 하인이 왔습니다."

곧이어 서른 살쯤 되어 보이는 남자가 들어와 고개를 숙이며 공손하게 인사를 했다. 포그가 물었다.

"프랑스 출신이라고? 이름은?"

젊은이가 대답했다.

"장이라고 불러 주십시오. 모두들 장 파스파르투(파스파르투 Passepartout는 프랑스 어로 '어디에나 들어맞는다', '어디에나 어울린다'는 뜻. 만능 열쇠라는 의미도 있다.—옮긴이)라고 부릅니다. 별명이었는데 어느새 이름처럼 돼 버렸습니다. 그래도 저한테는 꽤 어울리는 이름이지요. 제가 워낙 정직한 성격이어서 드리는 말씀입니다만, 살면서 이것저것 안 해 본 일이 없습니다.

거리에서 노래도 불러 보았고, 곡마단에서 줄도 타 보았지요. 그런 경험을 살려서 체조를 가르친 적도 있고요. 파리에 있을 때 마지막으로 한 일은 소방관이었습니다. 덕분에 파리에서 일어난 웬만큼 유명한 화재 사건들은 모조리 꿰고 있지요.

프랑스를 떠난 지는 5년가량 되었습니다. 차분한 가정에서 조용히 일을 하며 살아 보려고 영국으로 건너와 하인 일을 시작했습지요. 그러다 얼마 전에 일자리를 잃었는데, 마침 필리어스 포그 선생님이 하인을 구한다기에 이렇게 찾아왔습니다.

포그 선생님은 무척이나 조용하고 규칙적으로 사신다고 소문이 나 있더군요. 저는 그게 아주 마음에 들었습니다. 그런 분 옆에서 지내다 보면 파스파르투라는 이름 아닌 이름도 잊고 조용히 지낼 수 있을 것 같아서요.”

“자네는 나와 잘 맞을 것 같군. 자네가 집안일도 잘 하고 믿을 만한 사람이라는 얘기를 들었네. 그런데 내 조건은 알고 있나?”

“물론입니다.”

“좋아, 지금 자네 시계는 몇 시인가?”

파스파르투는 주머니에서 큼직한 은시계를 꺼내 확인한 후 대답했다.

“11시 25분입니다.”

“시계가 좀 늦게 가는군.”

“죄송합니다만 그럴 리가 없습니다.”

“정확히 4분이 늦어. 하지만 상관없네. 자네 시계가 4분 늦게 간다는 것만 잘 기억해 두면 돼. 자, 이제 1872년 10월 2일 수요일 오전 11시 29분, 지금 이 순간부터 자네는 날 위해 일하는 것이네.”

포그는 그 말을 마치자마자 의자에서 일어났다. 그는 왼손으로 모자를 집어 들어 기계처럼 딱딱한 동작으로 머리에 얹은 뒤, 한 마디 말도 없이 방에서 나갔다. 잠시 후 현관문이 닫히는 소리가 들렸다. 새 주인이 밖으로 나가는 소리였다. 또다시 문 닫는 소리가 났다. 전임자인 포스터가 떠나는 것이었다.

파스파르투는 새빌로 가의 저택에 혼자 남았다.

파스파르투는 가슴이 떡 벌어져서 그런지 기골이 장대한 편이었다. 그러나 둥글둥글한 얼굴과 장난기가 어린 파란 눈, 그리고 발그레한 볼이 누구에게나 호감을 주었다. 실제로 그는 항상 남을 도울 준비가 되어 있는 친절하고 다감한 사람이었다. 그는 방랑 생활을 접고 안정된 삶을 찾아 영국에 온 이후로 자신과 잘 맞는 주인을 계속 찾아다녔다. 그러나 지금까지 그가 만나 본 사람은 하나같이 변덕스럽거나 괴팍했고, 아니면 방탕하거나 거만한 자들뿐이었다. 그러다 마침 포그가 하인을 구한다는 소문을 듣게 되었던 것이다.

면접이 진행되는 동안, 그는 새 주인이 될 사람을 꼼꼼히 살펴보았다. 새 주인은 키가 크고 보기 좋게 살이 오른 몸집에, 얼굴은 약간 창백했지만 자못 고상하고 단정해 보였다. 머리카락과 수염은 금빛으로 빛났고, 이마가 유난히 넓고 반들거렸다. 또렷

하고 반듯한 눈매는 전형적인 영국 신사의 냉정함을 보여 주는 듯했다.

10월 2일 오전 11시 30분, 이제 새빌로 가의 저택에 혼자 남은 파스파르투는 앞으로 자신이 일하게 될 집 안을 구석구석 살펴보기 시작했다. 집 안은 깨끗하게 잘 정돈되어 있었고, 조명과 난방은 가스를 연료로 하여 조절되고 있었다. 그는 그 집이 마음에 꼭 들었다.

파스파르투는 삼층에서 앞으로 자신이 사용할 방을 찾아냈다. 그 방 역시 마음에 들었다. 벽난로 위에는 시계가 놓여 있었는데, 그 시계에 쪽지 한 장이 붙어 있었다. 그것은 다름 아닌 하인의 일과표였다. 주인의 기상 시간인 8시부터 클럽으로 향하는 11시 30분까지 해야 할 일들과 자정까지의 일거리, 그리고 갖가지 세세한 규칙들이 적혀 있었다.

집 안을 자세히 돌아보고 나서, 파스파르투는 기쁨에 들떠 소리쳤다.

"좋아! 내가 원했던 집이 바로 이런 집이야. 포그 씨와 나는 아주 잘 맞을 것 같아! 나도 그동안 참 별별 일들을 다 겪으며 살아왔지. 이제 새 주인하고 조용한 집 안에서 규칙적인 생활을 하게 되었으니, 더 바랄 게 없지 뭐. 정말 잘됐어!"

11시 30분에 집을 나선 포그는 오른발을 575번 앞으로 내딛고, 왼발을 576번 내딛어 펠맬 가 한가운데에 솟아 있는 개혁 클럽 건물에 도착했다. 그는 곧바로 식당으로 들어가 늘 앉던 식탁 앞에 앉았다. 식탁 위에는 이미 그를 위한 식사가 차려져 있었다.

포그는 정확히 2시 47분에 의자에서 일어나 휴게실로 자리를 옮겼다. 개혁 클럽의 하인이 〈타임스〉지 한 부를 가져다주었다. 그는 3시 45분까지 이 신문을 읽었고, 저녁 식사 전까지 〈스탠다드〉지를 읽었다. 저녁 식사를 마치고 난 후, 5시 40분에 다시 휴게실로 돌아와 〈모닝 크로니클〉지를 집어 들었다.

30분이 지나자 개혁 클럽의 회원 몇몇이 휴게실로 들어와 따뜻한 벽난로 주변으로 모여들었다. 그들은 런던에서 소문난 부자인 데다 산업계의 거물로 꼽히는 인물들이었다. 그들 역시 휘스트 게임을 열광적으로 좋아했다.

그날의 화제는 사흘 전에 발생한 은행 절도 사건이었다. 영국 은행의 출납계장 책상 위에 놓아 두었던 오만 오천 파운드가 감쪽같이 사라져 버렸던 것이다.

토머스 플래너건이 물었다.

"여보게, 랠프! 그 사건은 대체 어찌 된 건가?"

앤드루 스튜어트가 말했다.

"모르긴 몰라도 이제 그 돈 찾기는 글렀네."

고티에 랠프가 대답했다.

“그렇지 않을 거야. 도둑놈은 금방 잡힐 걸세. 유능한 형사들이 미국과 유럽의 항구란 항구는 모조리 지키고 있으니까 말이야. 쉽게 도망칠 수 없을걸.”

포그도 이야기에 끼어들었다.

“여기 〈모닝 크로니클〉지를 보니 돈을 훔쳐 간 자가 평범한 도둑은 아니라는군. 신사일 거라고 하던데.”

그러고는 신문 위로 고개를 내밀며 인사를 건넸다.

여기서 이 사건을 이해하기 위해 미리 알아 두어야 할 것이 한 가지 있다. 영국은행은 고객의 명예를 아주 중요하게 생각해서, 경비원은 물론 그 흔한 철창조차 설치를 하지 않는다는 점이다. 그 바람에 고객들의 눈앞에 돈뭉치와 금화가 널려 있었지만 어느 누구도 개의치 않았다.

영국은행의 이러한 특징을 아주 잘 알려 주는 일화가 하나 있다. 어떤 사람이 은행에 갔는데, 바로 앞에 금괴가 놓여 있는 것을 보고 호기심이 일어 그것을 집어 들었다. 마침 옆에 있던 사람도 그것을 보고 싶어 하기에 그는 별 망설임 없이 옆 사람에게 넘겨주었다. 그리하여 금괴는 은행 안을 한 바퀴 돌아 30분이 지난 후에야 제자리로 다시 돌아왔다. 그런데도 은행원은 고개조차 들지 않았다.

그러나 사건이 일어난 9월 29일에는 일이 그렇게 되지 않았다. 오만 오천 파운드의 지폐 뭉치가 제자리로 돌아오지 않았던 것이다. 그리고 그날, 잘 차려입은 신사 한 명이 사건 현장에서 서성거리는 것을 본 사람이 있었다. 그의 증언을 바탕으로 용의자의 인상서(人相書, 범죄자를 체포하거나 가출자 등을 찾기 위해 외모의 특징을 적은 글—옮긴이)가 작성되었고, 그것은 곧 영국 전역의 형사들에게 배포되었다.

휘스트 게임을 하는 동안에도 이야기는 계속되었다. 한 판이 끝나고 다음 판이 시작되는 사이마다 도둑이 잡힐 것이라느니 잡히지 않을 것이라느니, 영국을 빠져나갈 방법이 있다느니 없다느니 하는 말들이 오갔다.

스튜어트가 말했다.

"세상이 얼마나 넓은가? 어떻게든 영국을 빠져나가기만 하면 얼마든지 쉽게 숨어 버릴 수 있을 걸세."

포그는 그 말에 동의하지 않았다.

"옛날에는 그랬겠지. 하지만 이제는 세상이 넓다고만 할 수는 없네."

새뮤얼 폴런틴이 물었다.

"대체 그게 무슨 말인가? 갑자기 지구가 작아지기라도 했다는 건가?"

랠프가 대답했다.

"증기선과 기차 덕분에 모든 것이 바뀌었다는 말이지. 수에즈 운하가 생겼으니 홍해를 돌아가지 않아도 되고, 인도와 미국에는 대륙 횡단 열차도 생기지 않았는가.”

스튜어트는 그 말을 받아들이기 힘들었다.

“아무리 석 달 만에 세계 일주를 할 수 있다고는 해도…….”

포그가 말을 막았다.

“80일이면 충분하네.”

존 설리번이 끼어들었다.

“맞아, 인도의 로탈에서 알라하바드까지 철도가 개통되었으니 80일이면 충분해. 여기 〈모닝 크로니클〉지에 계산해 놓은 게 있네.”

런던에서 수에즈까지(철도와 증기선으로)	7일
수에즈에서 봄베이까지(증기선으로)	13일
봄베이에서 캘커타까지(철도로)	3일
캘커타에서 홍콩까지(증기선으로)	13일
홍콩에서 요코하마까지(증기선으로)	6일
요코하마에서 샌프란시스코까지(증기선으로)	22일
샌프란시스코에서 뉴욕까지(철도로)	7일
뉴욕에서 런던까지(증기선과 철도로)	9일
합계	80일

스튜어트가 소리쳤다.

"정말 80일이군그래! 하지만 그건 악천후나 난파, 열차 탈선 같은 예상치 못한 상황들은 전혀 고려하지 않은 거라고."

포그가 대꾸했다.

"모두 고려한 거라네."

"이론적으로는 맞을지 몰라도 실제로는……."

"실제로도 맞네."

"그럼 정말로 그런지 한번 해 보지 그러나?"

"그러자고. 우리 모두 함께 떠나면 되니까."

"천만에! 그런 조건으로는 여행을 할 수 없다는 데 사천 파운드를 걸겠네."

"충분하다니까."

"좋아, 그럼 해 보게!"

"80일 동안 세계 일주를? 못할 것 없지!"

"좋아, 포그. 내가 사천 파운드를 걸겠네!"

포그는 동료들을 둘러보며 말했다.

"난 베어링 은행에 이만 파운드를 맡겨 두었네. 그 돈을 모두 걸지."

설리번이 몹시 놀라며 말했다.

"이만 파운드? 여보게 포그, 자칫하다간 이만 파운드를 몽땅 날릴지도 몰라! 예상치 못한 일들이 얼마나 많겠는가? 게다가

80일은 최소한으로 잡은 시간 아닌가?"

"최소한으로 잡았더라도 잘만 활용하면 가능해. 자, 나는 80일 이내에, 그러니까 1,920시간, 아니 115,200분 안으로 세계 일주를 할 수 있다는 데 이만 파운드를 걸고 내기를 하겠네. 모두 어떤가? 받아들이겠나?"

그 자리에 있던 다섯 명의 신사는 잠시 동안 심각한 얼굴로 의논을 했다. 그러고는 모두 내기를 받아들이겠다고 대답했다.

포그가 말했다.

"좋아, 오늘 저녁 8시 45분에 도버행 기차가 있네. 그걸 타고 출발하지."

스튜어트가 깜짝 놀라 소리쳤다.

"오늘 저녁에?"

"그렇네, 오늘 저녁에."

그는 수첩을 들여다보며, 세계 일주가 마치 옆 동네에 다녀오는 것처럼 간단한 일인 듯 아무렇지도 않게 말을 이었다.

"오늘이 10월 2일 수요일이니까, 나는 12월 21일 토요일 저녁 8시 45분까지 이곳 개혁 클럽의 휴게실로 돌아오겠네. 만약 내가 그때까지 돌아오지 못하면 내 은행 계좌에 들어 있는 이만 파운드는 자네들의 것이네."

내기에 참여한 여섯 명의 신사들은 그 자리에서 서약서를 작성하고 서명을 했다. 물론 포그는 돈벌이를 위해 내기를 한 것이 아니었다. 그가 내기에 건 이만 파운드는 전 재산의 절반에 해당하는 금액이었는데, 절반만을 내놓은 것은 나머지 절반을 다소 무모해 보이는 이 80일간의 모험에 쓸 계획이었기 때문이다. 그는 너무나 태연한 얼굴이었지만, 동료들은 이길 것이 뻔한 내기를 하는 것이 왠지 꺼림칙했는지 불편한 기색을 온전히 떨쳐 버리지 못했다.

시계의 종이 7시를 알리자, 동료들이 걱정스런 투로 말했다.

"어서 가서 떠날 준비를 해야 하지 않겠나?"

"나는 늘 준비가 되어 있는 사람이니 벌써부터 자리를 뜰 필요는 없네."

7시 25분, 포그는 마침내 동료들에게 작별을 고하고 클럽을 나섰다. 그리고 7시 50분에는 집에 도착하여 문을 열고 들어섰다. 파스파르투는 그사이 주인의 일과표를 다 외워 두었으므로, 예정보다 빠른 주인의 귀가에 깜짝 놀랐다. 일과표에 따르면 포그는 자정이나 되어야 돌아오는 것이었다.

포그가 말했다.

"파스파르투, 우린 10분 후에 도버행 기차를 탈 것이네."

파스파르투는 어리둥절하여 되물었다.

"여행을 떠난다고요?"

"그래, 80일 내에 세계를 일주해야 하니 낭비할 시간이 없어."

그 엄청난 일을 어찌나 담담하게 말하는지, 아무리 사람 좋은 프랑스 인이라 해도 놀라서 숨이 턱 막히지 않을 수 없었다.

"세계 일주라고요?"

"그래, 세계 일주를 할 거야."

"80일 안으로요?"

"80일 안으로."

"10분 후에 떠난다고요?"

"그렇네."

"짐은 언제 다 꾸립니까?"

"짐은 필요 없네. 작은 손가방 하나면 충분해. 잠옷 말고는 아무것도 가져가지 않을 거니까. 정 필요한 게 있으면 여행 중에 사면 돼."

파스파르투는 8시까지 꼭 해야 하는 몇 가지 일들을 재빨리 처리했다. 작은 여행 가방 하나에 자신과 주인의 옷가지를 챙겨 넣은 다음, 방문과 창문들을 죄다 잠갔다. 포그는 벌써 준비를 마치고 파스파르투를 기다리고 있었다. 그는 여행 가방 안에 돈뭉치를 잔뜩 집어넣은 후, 파스파르투에게 건네며 이렇게 말했다.

"자, 이걸 받게. 이만 파운드가 들어 있으니 각별히 조심해야 하네."

파스파르투는 가방에 금덩이라도 들어 있는 것처럼 조심스럽게 받아 들었다.

그들은 현관문을 잠근 후, 마차를 타고 채링크로스 역으로 쏜살같이 달렸다. 역에 도착하니 8시 20분이었다. 포그는 파스파르투에게 파리행 기차표를 두 장 사 오라고 지시했다.

역에는 개혁 클럽 동료 다섯 명이 포그를 배웅하러 나와 있었다. 포그가 그들에게 말했다.

"자, 나는 이제 출발하네. 가는 곳마다 여권에 사증을 받아 올 테니, 내가 돌아온 후에 확인해 보게나. 그럼 1872년 12월 21일 토요일 저녁 8시 45분에 다시 만나세."

포그와 파스파르투는 8시 40분에 기차에 올랐다. 5분 후, 기적 소리가 울리고 기차가 움직이기 시작했다. 마침내 세계 일주 여행이 시작된 것이었다.

제 2 장
픽스 형사

10월 9일 수요일 오전 11시 수에즈 항. 부두는 몽골리아 호가 도착하기를 기다리는 사람들로 꽉 차 있었다. 북적이는 사람들 가운데에 초조한 기색으로 심각하게 대화를 나누는 두 사람. 한 사람은 수에즈 주재 영국 영사였고, 다른 한 사람은 작달막한 키에 깡마른 체격의 남자였다. 픽스라는 이름의 이 사내는 영국 은행의 절도범을 잡기 위해 주요 항구에 급파된 형사들 가운데 한 명이었다. 날카로운 눈빛으로 사방을 끊임없이 두리번거리는 품이 퍽 신경질적인 사람으로 보였다.

픽스는 이틀 전에 런던 경찰청으로부터 용의자의 인상서를 받았다. 런던 경찰청에서는 누구든 범인을 잡아 돈을 찾게 되면,

회수한 금액의 5퍼센트에 이천 파운드를 더 얹어 주겠다는 공고를 내걸었다. 현상금에 마음이 사로잡힌 픽스는 조바심을 내며 바다를 뚫어지게 바라보았다. 그가 불안한 표정으로 입을 열었다.

"영사님, 배는 분명히 제시간에 들어오겠죠?"

"아, 글쎄, 그렇다니까. 이제 곧 들어올 거요. 그나저나 범인이 몽골리아 호에 타고 있는 게 확실하오? 설사 그렇다 해도 인상서만 가지고 범인을 알아볼 수 있을지 모르겠군."

"영사님, 그런 놈들은 얼굴로 알아보는 게 아닙니다. 직감! 직감이라는 게 있거든요. 범인이 배에 타고 있다면, 제 직감에서 벗어날 순 없을 겁니다."

그러는 동안 부두는 점점 더 북적거리기 시작했다. 온갖 국적과 직업을 가진 사람들이 몰려드는 것으로 보아, 이제 곧 배가 들어올 모양이었다. 픽스는 매서운 눈초리로 사람들의 얼굴을 하나하나 자세히 살펴보았다. 부두의 시계가 10시 30분을 가리키자, 그는 더욱더 초조해졌다.

"영사님, 혹시 배가 안 들어오는 거 아닙니까?"

영사는 태연스레 대답했다.

"이제 곧 들어온다니까요."

"수에즈에는 얼마나 정박합니까?"

"4시간쯤 있을 거요. 이곳에서 연료를 보충하는 거지."

"수에즈를 떠나면 봄베이(뭄바이의 옛 이름―옮긴이)까지 바로 갑니까?"

"그렇소."

"만약 도둑놈이 그 배를 탔다면, 여기 수에즈에서 내려서 네덜란드나 프랑스의 식민지로 갈 방법을 찾을 겁니다. 인도는 영국령이니 안전하지 않다는 걸 잘 알고 있겠지요."

"글쎄올시다……."

영사는 말끝을 흐리며 사무실로 돌아갔다. 혼자 남은 픽스는 다시 생각에 잠겼다. 문득 범인이 미국으로 달아날 생각이라면, 대서양을 건너는 대신 감시가 소홀한 인도와 일본 쪽을 택할지도 모른다는 생각이 들었다. 그때 뱃고동 소리가 요란하게 울렸다. 거대한 몽골리아 호가 다가오고 있었다.

픽스는 배에서 내리는 승객들을 유심히 살펴보았다. 승객들 중에는 주인의 지시로 여권에 사증을 받기 위해 나온 파스파르투도 있었다. 그는 부두에 우두커니 서 있던 픽스에게 다가가 여권을 보여 주면서 영국 영사를 만나려면 어디로 가야 하냐고 정중히 물었다.

픽스는 여권을 받아 들고 무심히 내려다보다가, 갑자기 두 손을 부르르 떨었다. 여권에 기록된 인상착의가 런던 경찰서에서 보낸 범인의 그것과 너무나 똑같았던 것이다! 그는 자기도 모르게 소리를 내질렀다.

"이 여권은 누구 겁니까?"

"제 주인님 건데요."

"주인은 어디에 있소?"

"배에 계십니다."

"사증을 받으려면 본인이 직접 영사관으로 가야 합니다. 다른 사람이 대신 받을 수 없어요."

"그런가요?"

"그럼요."

"그런데 영사관이 어디죠?"

픽스는 한 건물을 손으로 가리키며 대답했다.

"저기, 저 광장 모퉁이에 있습니다."

"그럼 돌아가서 주인님께 알려 드려야겠군요. 직접 나오시는 걸 번거로워하실 텐데……."

파스파르투가 고맙다는 인사를 하고 배로 돌아가자, 픽스는 부리나케 영사관으로 달려갔다. 그는 영사에게 조금 전에 나눈 대화를 들려주었다.

"영사님, 그자가 확실합니다."

"좋소, 픽스 형사. 나도 직접 그 사람을 보고 싶구먼. 하지만 그 사람이 범인이라면, 과연 제 발로 영사관에 나타나겠소? 도둑놈이 자기를 광고하고 다니겠냐는 말이오. 게다가 이제 의무적으로 사증을 받아야 하는 것도 아니지 않소."

“그놈이 얼마나 대담한 놈입니까? 분명히 나타날 거예요. 범죄자들은 도망을 치기 위해 사증을 이용하곤 하니까요. 어쨌든 그놈을 다른 곳으로 보낼 수는 없습니다. 런던에서 체포 영장이 올 때까지 여기다 붙잡아 놔야 합니다.”

“미안하지만 그건 당신이 알아서 하시오. 난 도와줄 수가 없소. 여권에 문제가 없는 한 그자가 어딜 가든 어찌 막을 수 있겠소?”

바로 그 순간 누군가가 문을 두드렸다. 곧이어 두 사람이 사무실 안으로 들어왔다. 파스파르투와 포그였다. 포그는 여권을 내밀며 영사에게 서명을 부탁했다. 픽스는 사무실 한구석에 서서 포그의 얼굴을 뚫어져라 바라보았다. 영사는 여권을 찬찬히 살펴본 다음 물었다.

“필리어스 포그 씨인가요?”

“그렇습니다.”

“이 사람은 선생의 하인인가요?”

“그렇습니다.”

“런던에서 오신 겁니까?”

“네.”

“가시는 곳은……?”

“봄베이로 갑니다.”

“좋습니다. 그런데 이제는 굳이 여권에 사증을 받을 필요가 없다는 걸 모르셨습니까?"

"알고 있습니다만, 제가 수에즈를 거쳐 갔다는 것을 증명하기 위해 사증이 필요합니다."

"알겠소이다."

영사는 여권에 서명을 하고 돌려주었다. 일을 마치자 포그는 파스파르투와 함께 밖으로 나왔다. 그는 하인에게 몇 가지 지시를 내린 다음, 혼자 몽골리아 호로 돌아갔다.

픽스는 포그가 혼자 돌아가는 것을 보고 재빨리 파스파르투에게 다가가 말을 걸었다.

"그래, 사증은 받았습니까?"

"아, 아까 그분이군요. 네, 덕분에 다 잘됐습니다. 그러니까 여기가 수에즈고, 내가 지금 이집트 땅에 있는 게 맞지요?"

"맞습니다."

"아프리카란 말이죠?"

"아프리카 맞습니다."

"내가 아프리카에 있다니! 시간만 있다면 좀 구경해 보고 싶은데, 갈 길이 워낙 바빠 둘러볼 여유가 없군요."

"어디를 가는데 그렇게 서두르는 겁니까?"

"내가 아니라 주인님이 서두르시는 거죠. 그분 마음이 아주 급해서 말입니다. 아, 양말하고 셔츠를 좀 사야 하는데……. 너무 갑작스럽게 출발해서 짐도 제대로 못 꾸렸거든요."

“내가 시장으로 안내해 드릴까요? 거기 가면 뭐든 살 수 있을 겁니다.”

“아, 그래요? 나야 더없이 고맙죠.”

두 사람은 시장 쪽으로 걸음을 옮겼다. 파스파르투가 걱정스런 투로 말했다.

“그런데 배 시간에 늦으면 안 되는데…….”

“시간은 충분합니다. 아직 12시도 안 된걸요.”

파스파르투는 놀란 얼굴로 시계를 꺼내서 보았다.

“12시라고요? 이상하군요. 내 시계는 겨우 9시 52분인데요?”

“시계가 안 맞는군요.”

“맞지 않다고요? 이 시계가? 증조할아버지께서 물려주신 이 시계가? 그럴 리가 없어요. 이 시계는 1년에 5분 이상 틀린 적이 없습니다.”

“아, 왜 그런지 알겠소이다. 런던 시간에 맞춰 놔서 그래요. 런던은 수에즈보다 2시간쯤 늦지요. 이제부터는 가는 곳마다 그쪽 시간에 시계를 맞춰야 합니다.”

파스파르투가 소리쳤다.

“시계를 맞추다니요? 고장이 난 것도 아닌데!”

“시계를 맞춰 놓지 않으면 태양의 움직임과 맞지 않게 돼요.”

“태양한테는 미안한 말이지만, 태양에 문제가 있나 봅니다. 이 시계는 멀쩡하니까요.”

파스파르투는 야단스럽게 시계를 닦아 주머니에 넣었다. 잠시 침묵이 흘렀다. 픽스가 화제를 바꿔 물었다.

"가만있자, 그러니까 런던을 급하게 떠났다고 했나요?"

"그랬지요, 주인 양반이 지난주 수요일 저녁에 평소보다 아주 일찍 개혁 클럽에서 돌아오셨어요. 그러고서는 45분 뒤에 여행길에 나선 겁니다."

"당신 주인은 대체 어딜 가는 겁니까?"

"세계 일주를 한다던데요."

픽스는 눈을 동그랗게 뜨고 소리쳤다.

"세계 일주요?"

"네, 그것도 80일 만에요. 그걸로 내기를 했다지 뭡니까? 우리끼리 있으니 하는 얘긴데, 솔직히 난 믿기지가 않아요. 말이 안 되잖아요? 분명히 내가 모르는 뭔가가 있는 것 같아요."

"포그 씨라는 분, 굉장히 괴짜인가 봅니다."

"정말 그래요."

"주인이 부잡니까?"

"그럼요! 가방에 돈을 잔뜩 넣어 가지고 왔으니까요. 그것도 죄다 빳빳한 새 지폐로 말입니다. 게다가 필요할 때는 조금도 아끼지 않지요."

"주인을 모신 지는 오래됐소?"

"천만에요, 여행을 떠난 바로 그날 고용된걸요."

이미 포그를 은행 절도범이라고 단정하고 있던 픽스에게 이 대화가 어떤 영향을 미쳤을지는 상상하기 어렵지 않다. 절도 사건이 일어난 직후에 갑작스레 여행을 떠난 것이나, 믿기 어려운 내기를 구실로 자꾸 먼 나라로 가려고 하는 것 등 여러 가지 정황이 자신의 생각에 확신을 더했다.

픽스는 이 프랑스 인을 부추겨 더 많은 이야기를 하도록 만들었다. 그리하여 마침내 파스파르투가 주인에 관해서는 아무것도 모른다는 것과 그의 주인이 런던에서 혼자 살고 있다는 것, 또한 어떻게 부자가 되었는지는 모르지만 굉장한 부자라는 사실을 알아냈다. 그리고 정말로 봄베이로 가려 한다는 것도 알게 되었다.

파스파르투가 물었다.

"봄베이는 먼가요?"

"꽤 멀지요. 바다 위에서 족히 열흘은 넘게 보내야 할 거요."

"봄베이가 어디에 있는 도시죠?"

"인도에 있습니다."

"아시아에 있는 인도 말인가요?"

"당연하지요."

어느덧 두 사람은 시장에 도착했다. 픽스는 파스파르투에게 출항 시간에 늦지 말라고 당부한 후, 서둘러 다시 영사를 찾아 갔다.

"영사님, 이제 확실해졌습니다. 그자가 맞아요. 80일 안에 세계 일주를 하겠다는 이상한 내기로 괴짜인 척하고 있지만 틀림없어요."

영사가 대답했다.

"그렇다면 아주 교활한 친구로구먼. 세계 곳곳에 깔려 있는 경찰의 눈을 피해 세계를 일주하고 다시 무사히 런던으로 돌아갈 수 있다고 생각하는 모양이지?"

"두고 봐야죠."

"혹시 잘못 본 건 아니오?"

"틀림없습니다."

"그런데 그자가 왜 굳이 여권에 사증을 받으려고 했는지 이해할 수가 없군……."

"저도 궁금한 부분입니다. 하지만 제 애길 좀 들어 보십시오."

그는 영사에게 파스파르투로부터 알아낸 사실들을 간략하게 들려주었다. 영사가 고개를 끄덕이며 말했다.

"듣고 보니 정말로 그자가 당신이 찾고 있는 사람이 맞는 것 같소. 그래, 어떻게 할 작정이오?"

"런던에 전보를 쳐서 체포 영장을 봄베이로 보내 달라고 할 겁니다. 그동안 저는 몽골리아 호를 타고 인도까지 그자를 쫓아갈 거고요. 영국령인 인도에 도착해 체포 영장을 받으면, 점잖게 놈에게 다가가 어깨에 손을 얹고 영장을 내밀 겁니다."

픽스는 영사와 헤어진 뒤 서둘러 전보를 치고는, 몽골리아 호에 올랐다. 얼마 후 몽골리아 호는 전속력으로 홍해를 통과했다.

몽골리아 호에 승선한 승객들은 대부분 인도까지 가는 사람들이었다. 일부는 봄베이까지 가고, 일부는 봄베이를 거쳐 기차를 타고 캘커타(콜카타의 옛 이름—옮긴이)까지 갔다. 이제 인도에는 동서를 횡단하는 철도가 놓였기 때문에 캘커타까지 가는 사람들도 실론 섬(스리랑카의 옛 이름—옮긴이)을 돌아서 가는 먼 뱃길을 이용할 필요가 없었다.

몽골리아 호의 승객들은 대부분 경제적으로 여유가 있는 이들이었다. 승객들의 수준이 높다 보니 몽골리아 호의 생활 역시 호화롭기 짝이 없었다. 끼니 때마다 최고의 재료로 만든 식사가 제공되었고, 날씨가 좋은 날이면 어김없이 음악회나 무도회가 열려 모두들 흥겨운 시간을 보내곤 했다. 그러나 포그가 갑판에 모습을 나타내는 경우는 거의 없었다. 홍해의 아름다운 풍광을 감상하거나 사람들과 어울리는 일도 없었다. 그렇다고 변덕스러운 날씨를 걱정하는 것 같지도 않았다. 그렇다면 그는 무엇을 하고 있었을까?

그는 몽골리아 호에서도 휘스트 게임에 열중했다. 마침 자신처럼 휘스트 게임에 열광하는 사람들을 만났던 것이다. 그들은 휴게실에 자리를 잡고 앉아 몇 시간이고 꼼짝도 하지 않은 채 게임에 몰두했다.

파스파르투는 더 이상 여행에 불만이 없었다. 그 역시 주인처럼 푸짐하게 식사를 하고 편안한 잠자리를 제공받으면서 최상의 여행을 하고 있었기 때문이다.

배가 수에즈를 떠난 다음 날인 10월 10일, 파스파르투는 갑판에 올라갔다가 우연히 픽스와 마주쳤다. 그가 미소를 지으며 인사를 건넸다.

"이거 내가 잘못 본 게 아니겠죠? 수에즈에서 친절하게 길 안내를 해 주신 분이 아닙니까?"

"아! 당신은 그 괴상한 영국 신사의 하인 아니시오?"

"맞아요, 그런데 성함이……?"

"픽스라고 합니다."

"아, 픽스 씨, 내 이름은 파스파르투라고 합니다. 이렇게 배에서 만나니 더 반갑군요. 그런데 어디로 가는 길인가요?"

"당신하고 같소이다. 봄베이까지 가지요."

"그거 잘됐군요. 봄베이에 가 보신 적은 있나요?"

"아, 예……. 선박 회사에서 일하다 보니……."

픽스는 말을 얼버무렸다. 파스파르투가 물었다.

"인도는 어떤 곳인가요?"

"아주 흥미진진한 곳입니다. 구경거리가 무궁무진하지요. 시간을 넉넉하게 갖고 돌아보면 좋을 겁니다."

"나도 그랬으면 좋겠어요. 80일 동안에 세계 일주를 하겠다고 기차에서 배로, 배에서 기차로 정신없이 옮겨 타면서 다니고 있으니, 이게 정말 무슨 바보 같은 짓인가 싶어요. 하지만 왠지 봄베이에서는 이런 별난 여행도 끝날 것 같다는 기분이 듭니다. 정말 그럴 것 같아요."

픽스는 지나가는 투로 슬쩍 물었다.

"그런데 포그 씨는 잘 계신가요?"

"아, 그럼요. 잘 지내십니다. 나도 그렇고요. 난 어쩌나 식욕이 당기는지 한 번에 세 사람 몫을 해치우고 있습니다. 바닷바람 때문인지 자꾸 허기가 지는 것 같아요."

"당신 주인이 갑판에 나와 산책하는 걸 본 적이 없는데……."

"워낙에 사람들하고 어울리는 걸 좋아하지 않으세요."

"파스파르투 씨, 그냥 궁금해서 묻는 건데……, 혹시 이런 생각 안 해 봤소? 80일 동안에 세계를 돌겠다는 계획은 다른 목적을 위한 구실에 불과한 것 아닐까 하는……. 이를테면 뭔가 외교적인 임무라도 띠고서 말이오."

"글쎄요, 잘 모르겠습니다. 별로 알고 싶지도 않고요."

두 사람은 그후로도 자주 만나 대화를 나누었다. 픽스는 용의자의 하인과 사귀어 두는 편이 좋겠다고 생각했다. 언젠가는 쓸모가 있을지도 모르기 때문이었다.

몽골리아 호는 빠르게 항해한 덕분에, 10월 14일에는 연료를 보충하기 위해 예멘의 아덴 항에 닻을 내렸다. 원래는 15일 아침에 도착할 예정이었는데 14일 오후에 도착했으니, 포그는 자그마치 15시간 이상을 번 셈이었다.

포그와 파스파르투는 사증을 받기 위해 배에서 내렸다. 형식적인 절차를 마치자마자 포그는 다시 배에 올랐다. 그러나 파스파르투는 새로운 세상을 구경할 기회를 놓치지 않았다. 그는 호기심 어린 눈빛으로 북적거리는 사람들 사이를 어슬렁어슬렁 돌아다녔다. 그러다 한참 후 배로 돌아가면서 이렇게 중얼거렸다.

"이거 정말 신나는데! 새로운 경험을 하는 데는 역시 여행만큼 좋은 게 없다니까."

몽골리아 호는 아덴 항에서 4시간쯤 머무른 후, 저녁 6시에 다시 인도를 향해 출발했다. 때마침 인도양은 더할 수 없이 온화했고, 북서풍까지 불어 주었다. 돛을 모두 올리자마자 배는 다시 신나게 나아갔다.

10월 20일 일요일, 마침내 저 멀리 인도 땅이 보이기 시작했다. 예정보다 이틀이나 일찍 도착한 것이었다.

제 3 장

아우다를 구하다

인도는 거대한 땅덩이에 일억 팔천만 명이 넘는 사람들이 다양한 모습으로 살아가는 곳이었다. 영국 정부가 캘커타에 총독을 두고 이 광대한 영토를 통치하고 있었다. 그러나 아직도 영국 정부의 지배력이 미치지 않는 곳이 많아, 인도의 내륙 지방에서는 지방의 토후(토후국을 지배하던 세습 전제 군주—옮긴이)들이 여전히 위세를 떨치며 그들의 지역을 독립적으로 다스리고 있었다.

영국의 지배 이후 인도의 모습은 하루가 다르게 변해 가고 있었다. 거대한 대륙 위에 철로가 그물처럼 깔리고, 강줄기를 따라 증기선이 오갔다. 덕분에 봄베이에서 캘커타까지 가는 데 사흘

이면 충분하게 되었다. 직선으로 간다면 그보다 빨리 갈 수 있는 거리였지만, 철로가 인도 북쪽의 알라하바드로 포물선을 그리며 올라갔다가 다시 완만하게 아래쪽으로 내려오며 캘커타로 연결되었기 때문에 사흘이 소요되었다.

몽골리아 호 승객들이 봄베이 항에 도착한 시각은 오후 4시 30분. 캘커타행 기차는 저녁 8시 정각에 출발할 예정이었다. 배에서 내린 포그는 파스파르투에게 사야 할 물건들을 알려 주고, 출항 시각에 늦지 않게 기차역으로 오라고 단단히 일렀다. 그러고는 사증을 받으러 출입국 관리 사무소를 찾아갔다.

그사이 픽스는 초조한 마음으로 봄베이 경찰서를 찾아가 체포 영장이 도착했는지 물어보았다. 체포 영장은 아직 도착하지 않은 상태였다. 픽스는 몹시 실망했다. 마음이 급해진 그는 봄베이 경찰서장에게 포그를 체포할 수 있도록 서류를 작성해 달라고 부탁했다. 서장은 협조를 거절했다. 그 사건은 런던 경찰의 소관이므로 자기가 영장을 발부하는 것은 원칙에 어긋난다는 것이었다.

속수무책으로 기다릴 수밖에 없었지만, 픽스는 포그가 봄베이를 떠나 더 멀리까지 갈 리는 없다고 굳게 믿고 있었다. 포그의 하인도 그렇게 말하지 않았는가. 영장이 도착하기만 하면 체포하는 것은 식은 죽 먹기나 다름없었다.

픽스가 그런 생각을 하고 있을 즈음, 파스파르투는 그들의 여행이 다 끝난 것이 아니라는 사실을 깨달았다. 저녁에 기차를 탄다고 했으니, 여행은 적어도 캘커타까지, 아니 어쩌면 그보다 더 멀리까지 계속될 모양이었다. 그는 내기 이야기가 정말일지도 모른다고 생각하기 시작했다. 그렇다면 정말로 80일 동안 세계 일주를 해야 한단 말이야?

파스파르투는 필요한 물건을 산 다음, 봄베이 거리를 무작정 쏘다니고 있었다. 마침 축제 기간이라 눈을 돌리는 곳마다 볼거리 천지였다. 비록 짧은 시간이지만 그는 되도록 많은 것을 눈에 담아 두고 싶었다. 하지만 모든 걸 보고 말겠다는 이 욕심이 결국은 심각한 사고를 부르고 말았다. 자초지종은 이러했다.

축제를 구경한 뒤 역으로 돌아가는 길에 파스파르투는 말라바르 언덕에 있는 커다란 힌두교 사원 앞을 지나게 되었다. 사원이 어찌나 웅장해 보이던지, 안으로 들어가 그 위용을 감상해 보고 싶어졌다. 그런데 관광하는 재미에 푹 빠진 우리의 프랑스인이 모르고 있던 사실이 두 가지나 있었다.

하나는 인도의 사원 중 몇몇 곳은 외국인의 출입을 엄격하게 금하고 있다는 사실이고, 다른 하나는 사원에 들어갈 때는 인도인을 비롯한 그 누구라도 반드시 문 앞에서 신발을 벗어야 한다는 점이었다. 이를 어길 경우 누구든지 엄한 처벌을 받게 되어 있었다.

파스파르투는 사원 안으로 들어갔다. 당연히 신발을 신은 채였다. 화려한 사원의 모습에 넋을 잃고 있는데, 갑자기 힌두교 승려 세 명이 그에게 달려들어 다짜고짜 신발을 벗기고 사정없이 두들겨 패기 시작했다. 다행히 힘이 세고 몸도 날렵했던 파스파르투는 얼른 몸을 일으켜 승려들을 때려눕히고는 그곳을 쏜살같이 도망쳐 나왔다. 7시 55분, 파스파르투는 모자도 잃어버리고 신발도 신지 않은 채 간신히 기차역에 도착했다.

역에는 픽스도 와 있었다. 그는 포그가 정말로 봄베이를 떠나려 한다는 것을 알아채고, 캘커타까지 쫓아가리라 마음먹고 있었다. 필요하다면 더 멀리까지라도 쫓아갈 작정이었다. 그는 안 보이는 곳에 숨어서 파스파르투가 주인에게 보고하는 내용을 낱낱이 엿들었다.

포그는 객차에 자리를 잡고 앉으며 파스파르투에게 말했다.

"다시는 그런 일이 없도록 하게."

픽스는 그들을 뒤따라 기차에 오르려고 했다. 그런데 그때 퍼뜩 더 좋은 계획이 떠올랐다.

'아니야, 난 갈 필요가 없겠어. 저 친구가 인도 땅에서 법을 어겼단 말이지. 그렇다면 이제 놈은 잡은 거나 다름없어!'

포그와 파스파르투가 자리 잡은 객실에는 몽골리아 호에서부터 함께 여행을 한 사람이 타고 있었다. 수에즈에서 봄베이까지 오는 동안 포그와 함께 휘스트 게임을 즐긴 프랜시스 크로마티

경이었다. 쉰 살쯤 된 이 금발의 신사는 영국군 여단장으로 바라나시에 주둔해 있는 부대로 돌아가는 중이었다.

프랜시스 경은 포그가 여행을 떠난 이유를 이미 들어 알고 있었다. 그러나 그는 그 이야기를 진지하게 받아들이지 않았고, 포그를 쓸데없는 짓이나 하고 다니는 별난 사람이라고 여겼을 뿐이다. 두 사람은 가끔 대화를 나누었지만, 포그가 워낙 말이 없는지라 자꾸만 툭툭 끊기곤 했다. 한참 동안 침묵이 흐른 뒤, 프랜시스 경이 다시 말을 걸었다.

"80일 만에 세계 일주를 할 수 있을지는 모르겠습니다만, 해낸다면 아주 운이 좋은 거라고 봐야 합니다. 무슨 일이 일어날지 어떻게 압니까? 별별 일들이 다 발목을 잡을 거예요. 사고가 날 수도 있고, 전혀 생각지 못한 문제가 생길 수도 있고……."

포그가 단호하게 대답했다.

"그렇다 해도 상관없습니다. 일어날 수 있는 일들을 어느 정도 예상하고 계획을 짰으니까요."

"하지만 포그 씨, 봄베이 사원에서 있었던 하인의 일만 해도 그렇습니다. 영국 정부가 그런 일을 얼마나 엄격하게 처리하는지 모르는군요. 체포되어 처벌을 받을 수도 있어요."

"하인이 그 일로 감옥에 간다면 정말 유감스러운 일이 되겠지만, 그건 그 친구의 문제지 내 문제는 아닙니다. 그것 때문에 여행을 중단할 수는 없지요."

"그것 말고도 여행을 방해할 일들은 얼마든지 많아요."

그러나 대화는 더 이상 이어지지 않았다.

10월 22일 화요일 아침, 프랜시스 경은 파스파르투에게 시간을 물었다. 파스파르투는 은시계를 꺼내 보며 대답했다.

"오전 3시군요."

"그럴 리가! 적어도 7시는 되었을 텐데……."

"제 시계는 틀린 적이 없습니다."

프랜시스 경은 파스파르투에게 그들이 동쪽으로 가고 있으므로, 경도 1도를 지날 때마다 시간이 4분씩 짧아진다는 사실을 이해시키려고 애썼다. 그리고 그에 맞춰 시계를 돌려 놓아야 한다고 강조하였다. 하지만 파스파르투는 도무지 그 말을 알아들을 수가 없었다. 그는 자기 시계가 3시를 가리키고 있으니 지금이 7시일 수는 없다고 막무가내로 고집을 부렸다.

1시간쯤 후, 갑자기 기차가 멈춰 서더니 차장이 통로를 돌아다니며 소리쳤다.

"여러분, 모두 내려 주십시오! 모두 내리세요!"

파스파르투는 무슨 일이 일어났는지 알아보기 위해 기차에서 내렸다. 잠시 후 그는 하얗게 질린 얼굴로 돌아왔다.

"주인님, 철로가 없답니다."

프랜시스 경이 물었다.

"그게 무슨 말인가?"

"기차가 더 이상 갈 수 없다고요."

프랜시스 경은 깜짝 놀라 밖으로 뛰쳐나갔다. 포그 역시 뒤를 따라 나갔지만 서두르는 기색이 전혀 없었다. 프랜시스 경이 차장에게 물었다.

"여기가 어디요?"

"콜비 마을입니다."

"도대체 왜 멈춘 거요?"

"여기서부터는 철로가 없습니다."

"철로가 없다고? 그게 무슨 소리요?"

"여기서부터 알라하바드까지 80킬로미터 정도 되는 구간에는 아직 철로가 놓이지 않았거든요."

"신문에서는 철도가 모두 완공되었다고 했는데?"

"뭐라 드릴 말씀이 없습니다. 기사가 잘못된 거예요."

프랜시스 경은 화가 나서 따졌다.

"그럼 봄베이에서 캘커타까지 가는 표는 왜 판단 말이오?"

"다른 승객들은 여기서 알라하바드까지 각자 알아서 이동해야 한다는 사실을 잘 알고 있습니다."

프랜시스 경은 분통을 터뜨리며 어쩔 줄 몰라 했고, 파스파르투는 차장과 싸움이라도 벌일 태세였다. 그때 포그가 담담한 목소리로 프랜시스 경을 불렀다.

"프랜시스 경, 아무래도 알라하바드로 가는 다른 방법을 찾아 봐야 할 것 같습니다."

"포그 씨, 이것 때문에 당신의 계획도 틀어져 버렸군요."

"천만에요, 이미 예상했던 일입니다."

"뭐라고요? 그럼 철로가 아직 완성되지 않았다는 걸 알고 있 었단 말입니까?"

"그건 아닙니다만, 이런 종류의 일이 있을 수 있다는 건 예상 하고 있었지요. 심각한 문제는 아닙니다. 계획보다 이틀이나 앞 서 있으니까요. 캘커타에서 홍콩으로 떠나는 배가 25일 정오에 출발합니다. 오늘은 22일이니 캘커타까지 제시간에 도착할 수 있을 겁니다."

그 지점에서 철로가 끊긴 것은 사실이었다. 신문이 그런 식으 로 잘못된 기사를 내보내는 일이 어디 한두 번이었던가. 다른 승객들은 대부분 그 지점에서 철로가 끊겨 있다는 사실을 알고 있었다. 그래서 다들 마차며 말들을 빌려서 이미 떠나 버린 후 였다. 포그와 프랜시스 경도 알라하바드로 갈 방도를 알아보았 지만, 타고 갈 만한 것은 하나도 남아 있지 않았다.

포그가 말했다.

"걸어가야겠군요."

그때 따로 탈것을 알아보던 파스파르투가 돌아왔다. 그는 머 뭇거리며 입을 열었다.

"주인님, 탈 만한 걸 찾기는 했는데……."

"그래? 그게 뭔가?"

"저……, 코끼리입니다. 코끼리 주인이 이 근처에 산대요."

"그럼 가서 한번 보세나."

5분 후 세 사람은 어느 오두막집 앞에 도착했다. 마당 한쪽에 우리가 있었고, 거기에 코끼리가 한 마리 있었다. 포그는 집 안에 있는 주인을 불러 코끼리를 빌릴 수 있느냐고 물어보았다. 주인은 단번에 안 된다고 했다. 포그가 시간당 십 파운드라는 거금을 내겠다고 했는데도 여전히 승낙을 하지 않았다. 이십 파운드는? 마찬가지였다. 사십 파운드는? 코끼리 주인은 한사코 퇴짜를 놓았다.

파스파르투는 가격이 올라갈 때마다 기겁을 하였다. 시간당 사십 파운드는 정말로 엄청난 금액이었다. 알라하바드까지 가는 데 15시간이 걸린다면, 코끼리 주인에게 육백 파운드를 주어야 할 판이었다. 포그는 전혀 초조한 기색을 내비치지 않고, 이번에는 천 파운드에 코끼리를 팔면 어떻겠느냐고 제안했다. 그러나 코끼리 주인은 단호하게 고개를 저을 뿐이었다.

프랜시스 경은 포그를 한쪽으로 데리고 가더니, 값을 올리기 전에 이 문제를 다시 한 번 신중히 생각해 보라고 충고했다. 포그가 말했다.

"나는 생각 없이 무작정 행동하는 사람이 아닙니다. 더욱이 이만 파운드가 걸린 문제이니, 내기에 이기기 위해서라도 코끼리를 꼭 사야겠습니다. 코끼리 값의 스무 배를 주게 되더라도 말입니다."

포그는 다시 코끼리 주인에게 갔다. 코끼리 주인의 탐욕스런 눈빛은 모든 것이 돈의 액수에 달려 있다고 말하고 있었다. 포그는 천이백 파운드를 제안했다. 그다음에는 천오백 파운드, 천팔백 파운드, 마지막으로 이천 파운드를 불렀다. 파스파르투의 얼굴이 새파래졌다. 마침내 코끼리 주인은 제안을 받아들였다.

다음 문제는 길을 안내할 사람을 찾는 것이었다. 그 일은 생각보다 쉽게 해결되었다. 인상 좋은 인도 청년 한 명이 안내를 맡겠다고 나섰던 것이다. 포그가 사례를 두둑이 하겠다고 하자, 그의 표정이 한결 밝아졌다. 안내인은 자기가 할 일을 잘 알고 있었다. 코끼리 등에 천을 걸친 다음, 양쪽에 의자가 달린 안장을 얹어 앉을 자리를 마련했다.

포그는 가방에서 돈을 꺼내 코끼리 주인에게 건넸다. 그 모습을 지켜보면서 파스파르투는 마치 자기 주머니에서 돈이 나가는 듯 속이 뒤집어졌다. 포그가 알라하바드까지 데려다 주겠다고 하자, 프랜시스 경은 기꺼이 그 제안을 받아들였다. 두 사람은 코끼리 등의 양쪽 의자에 앉고, 파스파르투는 양쪽 의자 사이의 천 위에 앉았다. 안내인은 코끼리의 목 위에 올라탔다. 아침 9시, 그들은 콜비 마을을 출발했다.

그 지방의 지리를 훤히 꿰고 있는 안내인은 코끼리를 울창한 숲 속으로 몰고 갔다. 숲을 가로질러 가면 30킬로미터를 줄일 수 있다고 했다. 하루 종일 쉬지 않고 길을 재촉한 덕분에 다행히 저녁 8시쯤에는 알라하바드까지 가는 여정의 절반에 이르러 있었다. 다음 날은 아침 6시에 길을 나섰다. 안내인은 저녁때쯤이면 알라하바드 역에 도착할 수 있을 것이라고 말했다.

오후 4시쯤 되었을 때, 코끼리가 갑자기 불안한 몸짓을 하며 걸음을 멈추었다. 잠시 후 이상한 소리가 들리기 시작했다. 처음에는 알아들을 수 없는 웅성거림으로 들리던 것이 이제는 점점 더 뚜렷하게 들려왔다. 사람의 목소리에 쿵쿵거리는 악기 소리가 뒤섞여 있는 듯했다.

안내인은 걱정스런 표정으로 코끼리를 한 번 쓰다듬은 뒤, 땅바닥으로 펄쩍 뛰어내렸다. 그러고는 코끼리를 나무에 묶어 놓은 다음 주변을 살피며 더 깊은 숲 속으로 조심스럽게 걸어 들어갔다. 잠시 후 그가 돌아와 다급하게 말했다.

"숨어야겠어요! 들키면 위험합니다."

안내인은 코끼리를 더 울창한 숲 속으로 끌고 갔다. 여행객들에게는 절대로 코끼리에서 내려오지 말라고 거듭해서 당부를 했다. 일행은 커다란 나뭇잎들 사이에 몸을 숨기고 기다렸다.

요란한 소리가 점점 가까이 다가왔다. 일행은 숨을 죽이고 지켜보았다. 이윽고 무리를 지어 걸어오는 사람들의 모습이 눈에 들어왔다. 맨 앞줄에 승려들이 걸어가고 있었는데 이들은 화려하게 수를 놓은 겉옷에 높다란 모자를 쓰고 있었다. 그 뒤에는 사람들이 상엿소리 같은 구슬픈 노래를 부르면서 따라갔다. 간간이 북소리와 징소리가 울려 퍼졌다.

곧이어 소 두 마리가 이끄는 화려한 수레가 나타났는데, 그 위에는 무시무시한 신상이 실려 있었다. 팔이 네 개나 달려 있고 혀는 턱까지 축 늘어진 데다, 목에는 해골을 꿰어 만든 목걸이가 걸려 있어 더없이 소름끼치는 형상이었다.

프랜시스 경은 그 신상을 알아보고 작은 목소리로 말했다.

"칼리 여신이오. 사랑과 죽음의 여신이지요."

파스파르투가 물었다.

"그냥 죽음의 여신 아닌가요? 저렇게 끔찍하게 생긴 여자가 어떻게 사랑의 여신일 수 있겠어요?"

그때 안내인이 조용히 하라는 신호를 보냈다.

수레 뒤에서 젊은 여자 한 명이 끌려가고 있었다. 그녀는 정신을 잃은 듯 몸을 제대로 가누지 못한 채 질질 끌려갔다. 유럽 인처럼 하얀 피부에 무척이나 아름다운 용모를 지닌 그 여자는 머리부터 발끝까지 화려한 옷과 장신구로 치장한 모습이었다. 그 뒤로 긴 칼과 총으로 무장한 호위병들이 가마를 메고 갔다. 가마에는 진주로 장식한 터번을 두르고 보석이 박힌 화려한 옷을 입은 노인의 시신이 실려 있었다.

프랜시스 경이 안타까운 표정으로 그 광경을 지켜보다가, 안내인을 돌아보며 물었다.

"서티인가?"

안내인은 고개를 끄덕이며 입술에 손가락을 댔다. 기묘한 행렬이 다 지나가고 노랫소리와 울부짖음도 점점 잦아들었다. 마침내 아무 소리도 들리지 않게 되자, 포그가 프랜시스 경에게 물었다.

"서티가 뭡니까?"

"남편이 죽으면 부인을 같이 화장하는 풍습이지요. 저들은 내일 아침 해가 뜨면 아까 그 불쌍한 여인을 신에게 제물로 바칠 겁니다."

파스파르투가 소리를 질렀다.

"뭐라고요? 나쁜 놈들!"

포그가 물었다.

"그 시신은 누구요?"

안내인이 대답했다.

"여자의 남편입니다. 분델칸드 지역의 한 부족을 다스리던 토후이지요."

포그가 말했다.

"아직도 그런 야만적인 풍습이 남아 있다니! 영국 정부는 그런 풍습을 계속 두고만 보는 겁니까?"

프랜시스 경이 설명했다.

"요즘에는 인도에서도 이런 풍습이 대부분 사라졌지요. 하지만 이런 벽지, 특히 토후가 이처럼 독립적으로 통치하는 분델칸드 같은 지역까지는 아직 영국 정부의 힘이 미치지 못하고 있어요. 안타깝게도."

파스파르투가 소리쳤다.

"너무 불쌍해요! 산 채로 불에 타 죽다니!"

프랜시스 경이 말했다.

"그렇습니다. 하지만 살아남아도 문제예요. 상상하기도 힘든 끔찍한 일들을 겪게 되니까요. 머리카락을 온통 밀어 버리고는 먹을 것도 주지 않습니다. 개만도 못한 취급을 받다가 비참하게 죽어 가도 아무도 신경 쓰지 않아요. 그래서 그런 끔찍한 고통을 겪으며 사느니 차라리 죽은 남편을 따라 불에 타 죽는 게 낫다고 생각하는 이들이 많습니다.

봄베이에 있을 때, 실제로 남편의 시체와 함께 화장해 달라고 사정하는 여자를 본 적이 있어요. 총독은 당연히 안 된다고 했지요. 결국 그 여자는 토후가 통치하고 있는 지역으로 들어가 스스로 목숨을 버리고 말았습니다."

프랜시스 경의 얘기를 듣고 있던 안내인이 끼어들었다.

"그렇지만 조금 전에 우리가 본 여자는 죽음을 자청한 것이 아니에요. 억지로 끌려간 거라고요."

프랜시스 경이 말했다.

"도망치려는 기색은 없어 보이던데?"

"아편 같은 걸 먹였거나 대마초 연기로 마취를 시켰겠지요. 그렇게들 하니까요. 그 여자는 지금 무슨 일이 일어나고 있는지도 모를걸요."

"그런데 자네는 저 여자가 억지로 끌려가고 있다는 걸 어떻게 아는가?"

"이 근처에 사는 사람은 다 아는 애깁니다. 아우다라는 여자인데, 굉장한 미인이라고 소문이 나서 이 근방에선 모르는 사람이 없을 정도예요. 봄베이에 살던 돈 많은 상인의 딸이었습니다. 생김새도 그런 데다 교육도 어릴 때부터 영국식으로 받아서 다들 유럽 인이나 다름없다고 여겼지요.

불행하게도 어릴 때 부모님이 돌아가셔서, 아까 그 늙은 토후와 원치 않는 결혼을 했습니다. 그런데 결혼하고 석 달 만에 남편이 죽어 버렸지 뭡니까? 여자는 자기 신세가 어찌 될지 알고 도망을 쳤지만, 곧 붙잡히고 말았습니다. 토후의 친척들은 그 여자가 죽어야만 재산을 가로챌 수 있기 때문에 시신과 함께 불태워 죽이라고 한 것이고요."

포그가 물었다.

"여자를 어디로 데려가는 건가?"

"필라지 사원으로 갈 거예요. 여기서 3킬로미터쯤 떨어진 곳이지요. 거기서 하룻밤을 지내고 내일 아침 동이 트면 의식을 치를 겁니다."

안내인은 이야기를 마치고 다시 길을 가기 위해 코끼리를 끌어냈다. 그 순간 포그가 프랜시스 경을 돌아보며 말했다.

"여자를 구합시다."

프랜시스 경은 깜짝 놀라 이렇게 물었다.

"뭐라고요? 여자를 구하자고 했습니까, 포그 씨?"

"나한테는 아직 12시간의 여유가 있습니다. 여자를 구하는 데 그 시간을 쓰면 됩니다."

"포그 씨, 이제 보니 인정이 많은 분이군요!"

포그는 짤막하게 대답했다.

"가끔 여유가 있을 때는 그렇습니다."

파스파르투는 주인의 제안에 왠지 모르게 뿌듯한 기분이 들면서 가슴이 두근거렸다. 안내인이 말했다.

"그런 일이라면 저도 돕겠습니다. 하지만 만약 실패해서 붙잡히게 되면 끔찍한 일을 겪을지도 모른다는 걸 염두에 두셔야 해요. 다시 한 번 잘 생각하세요."

포그가 대답했다.

"충분히 생각했으니 걱정 말게나."

일행은 우선 사원 근처로 가 보기로 했다. 30분 뒤, 그들은 나무가 빽빽하게 우거진 곳에서 멈추었다. 그러고는 여자를 구해

널 수 있는 최선의 방법이 무엇인지 의논했다.

승려들이 잠들어 있는 동안에 사원 안으로 들어갈 수 있을까? 담장에 구멍을 내야 하나? 어떻게 해야 할지 쉽사리 결론이 나지 않았다. 분명한 것은 아침이 오기 전에 여자를 구해 내야 한다는 사실뿐이었다. 해가 뜨면 여자는 죽음의 제단으로 끌려가기 때문에 구출할 가능성이 희박해질 것이었다.

오후 6시 무렵이 되어 어둠이 깔리자, 그들은 가능한 한 사원 가까이로 접근해 동태를 살펴보기로 했다. 이제 괴이한 노랫소리는 들리지 않았다. 사원 안에 있는 인도인들은 관습에 따라 대마초 달인 물을 마시고 완전히 곯아떨어진 듯했다. 어쩌면 들키지 않고 사원 안으로 들어갈 수 있을 것 같기도 했다.

안내인이 앞장을 서고 다른 사람들은 그 뒤를 따랐다. 잠시 후 눈앞에 작은 개울이 나타났다. 개울가에 인도인들이 쌓아 놓은 거대한 장작더미가 보였는데, 그 위에 토후의 시체가 놓여 있었다. 내일이면 여자는 이 시체와 함께 불태워지리라.

장작더미 저편으로 사원의 검은 윤곽이 보였다. 안내인이 속삭였다.

"저를 따라오세요."

얼마를 더 가자 사원의 입구가 보였다. 늘어서 있는 횃불들이 사원 앞의 널따란 빈 터를 환하게 비추고 있었다. 땅바닥에는 대마초에 취한 인도인들이 아무렇게나 잠들어 있었다. 마치 시체들이 즐비한 전쟁터 같았다. 하지만 모두가 잠들어 있는 것은 아니었다. 칼을 든 호위병들이 사원 입구를 왔다 갔다 하며 경비를 서고 있었다. 사원 안에도 경비를 서는 사람들이 있을 터였다.

사원 안으로 곧장 들어가기는 어렵다는 것을 깨닫고 안내인이 돌아가자는 신호를 보냈다. 포그와 프랜시스 경 역시 그 방향으로 접근해서는 아무것도 할 수 없으리라는 생각이 들었다. 프랜시스 경이 낮은 목소리로 속삭였다.

"기다려 봅시다. 이제 겨우 8시니까요. 더 있으면 경비를 선 자들도 잠이 들겠지요."

일행은 커다란 나무 아래에 주저앉아 밤이 더 깊어지기를 기다렸다. 시간이 몹시 더디게 가는 것처럼 여겨졌다. 안내인이 때때로 상황을 살피러 다녀오곤 했다.

자정이 되었는데도 호위병들은 여전히 자리를 지키고 있었다. 아무래도 밤을 새울 모양이었다. 그들이 잠들기를 기다리는 것은 바보 같은 짓이었다. 남은 방법은 이제 단 하나, 사원의 벽에 구멍을 뚫고 들어가는 것이었다. 하지만 입구 쪽처럼 사원 안에서도 여자를 철저하게 감시하고 있다면 어쩔 것인가.

고민에 고민을 거듭한 끝에, 결국 모험을 해 보기로 결정을 내렸다. 12시 30분쯤 그들은 조심스럽게 사원 뒤쪽으로 접근했다. 사원 뒤쪽에는 출입문이나 창문이 없어서인지 호위병도 없었다. 몹시 깜깜한 밤이었다. 달이 낮게 떠 있었지만 구름에 가려서 잘 보이지 않았다. 울창한 나무들이 밤을 더욱 어둡게 만들어 주었다.

하지만 무사히 접근했다고 해서 안으로 들어갈 수 있는 것은 아니었다. 벽을 뚫어야 했는데 그들이 가진 도구라고는 주머니칼뿐이었다. 다행히 사원의 벽은 나무와 벽돌로 만들어져 있어서, 벽돌 하나만 빼내면 그다음부터는 한결 수월해질 것 같았다.

그들은 소리를 최대한 죽이고 일을 하기 시작했다. 안내인과 파스파르투가 양쪽에 자리를 잡고 앉아 벽돌을 빼내고 벽에 구멍을 내었다. 일이 한동안 순조롭게 진행되는가 싶었는데, 사원 안에서 느닷없이 누군가가 고함을 질렀다. 그러자 곧 사원 밖에서 뭐라고 응답하는 소리가 들렸다.

일행은 심장이 멎어 버릴 것 같았다. 대체 무슨 일이 일어난 것일까? 들켜 버린 것일까? 그들은 잽싸게 나무 사이로 달아나 몸을 숨기고 상황을 지켜보았다. 얼마나 지났을까. 다시 살펴보니 이제는 사원의 뒤쪽도 호위병들이 지키고 서 있었다.

네 사람의 실망은 이루 말할 수 없었다. 여자를 바로 눈앞에 두고서도 구하지 못했기 때문이다. 프랜시스 경은 초조한 나머지 손톱을 물어뜯었다. 파스파르투는 화가 머리끝까지 치밀어 올라 있었고, 안내인 역시 어쩔 줄 몰라 안절부절못했다. 그러나 포그는 여느 때처럼 감정을 조금도 드러내지 않았다.

프랜시스 경이 나지막이 말했다.

"그냥 갑시다. 더 이상 어떻게 할 도리가 없어요."

안내인도 동의를 했다.

"가야죠, 뭐. 다른 방법이 있나요?"

포그가 말했다.

"좀더 기다려 봅시다. 알라하바드에는 내일 정오까지만 도착하면 되니까요."

프랜시스 경이 대꾸했다.

"하지만 무슨 수가 있어야지요, 무슨 수가! 몇 시간 후면 날이 밝을 테고, 그러면……."

"어쩌면 마지막 순간에 기회가 올지도 모르지요."

프랜시스 경은 포그의 속내가 궁금했다.

'이 냉철한 영국 신사한테 도대체 무슨 꿍꿍이속이 있는 걸까? 설마 화형을 하려는 순간에 뛰어들 생각은 아니겠지? 미치지 않고서야 어찌 그런 행동을 하겠는가? 그 정도로 무모한 사람은 아니겠지. 어쨌든 일단은 믿고 기다려 보는 수밖에.'

안내인은 사원 가까이에 있는 것은 위험하다고 하면서, 일행을 울창한 나무 덤불 사이로 데려갔다. 그들은 그곳에 몸을 숨긴 채 사원의 동태를 살폈다.

파스파르투는 나무 위로 올라가 맨 아래에 있는 낮은 가지에 자리를 잡고 앉았다. 문득 한 가지 생각이 머리를 스치고 지나갔다. 그는 가능성을 따져 보기 시작했다. 처음에는 '무슨 바보 같은 생각이람! 절대 성공할 수 없어.' 하고 생각했지만, 나중에는 '안 될 건 또 뭐야? 가능성이 있어. 이것 말고는 다른 방법이 없을지도 모르잖아!'라고 마음이 바뀌었다. 마음을 정한 파스파르투는 나뭇가지 끝 쪽으로 조심스레 몸을 움직였다. 그러자 나뭇가지의 끝이 땅바닥에 닿을 만큼 휘어졌다.

몇 시간이 흐르자, 마침내 햇살이 비치며 동이 터 오기 시작했다. 운명의 순간이 다가왔다. 잠들어 있던 사람들이 모두 깨어나 다시 이상한 노래를 부르기 시작했다. 이제 얼마 후면 불쌍한 여자는 목숨을 잃게 될 터였다.

사원의 문이 열리고, 승려 두 명이 여자를 끌고 나왔다. 아주 짧은 순간 여자가 몸부림을 치며 저항하는 것처럼 보였다. 하지만 승려들이 대마초 연기를 맡게 하자, 이내 다시 축 늘어지고 말았다. 승려들은 그녀를 끌고 장작더미를 쌓아 놓은 곳으로 갔다. 군중들이 그 뒤를 따르고 포그 일행도 무리에 섞여 따라갔다.

2분쯤 뒤, 그들은 작은 개울에 이르렀다. 50보쯤 떨어진 곳에 전날 밤에 보았던 높다란 장작더미가 있었다. 승려들은 토후의 시신 옆에 여자를 누인 다음 횃불을 들고 다가갔다. 기름을 흠뻑 먹은 장작은 횃불이 닿자마자 화르르 타올랐다.

바로 그때, 포그가 벌떡 일어나 불길 쪽으로 뛰쳐나가려 했다. 프랜시스 경과 안내인은 화들짝 놀라며 재빨리 그를 붙잡았다.

포그가 그들의 손을 뿌리치고 다시 달려 나가려는 순간, 돌연 뜻밖의 일이 벌어졌다. 어찌 된 일인지 승려들과 군중들이 한꺼번에 공포에 질려 울부짖으며 땅바닥에 엎드렸던 것이다.

눈앞에 놀라운 광경이 펼쳐졌다. 장작더미 위에 누워 있던 토후가 벌떡 일어나 여자를 두 팔로 들어 올려 안더니, 자욱한 연기를 뚫고 앞으로 걸어 나오는 것이 아닌가! 사람들은 모두 그 놀랍고 무시무시한 기적을 감히 바라볼 엄두조차 내지 못한 채 땅바닥에 얼굴을 묻고 있었다. 포그와 프랜시스 경도 그때처럼 놀란 적이 없었다. 안내인은 놀라서 벌어진 입을 다물지 못했다.

죽었다가 다시 살아난 토후는 여자를 안고 포그 일행이 있는 곳을 향해 빠른 걸음으로 다가왔다. 그러고는 이렇게 말하는 것이었다.

"어서 갑시다! 어서요!"

파스파르투였다! 지난밤 그는 장작더미 위로 살그머니 올라가 토후의 황금빛 겉옷을 벗겨 자기가 입고는, 시신 옆에 누워서 동이 트기를 기다렸다. 그러다 마침내 장작더미에 불이 붙고 연기가 자욱해지자, 여자를 안고 대담하게 걸어 나왔던 것이다.

포그 일행은 곧바로 숲 속으로 모습을 감춘 뒤, 코끼리를 최대한 빨리 몰아 정신없이 달아났다. 잠시 뒤 성난 고함 소리가 뒤에서 들려왔다. 연극이 들통 난 것 같았다. 연기가 잦아들면서 승려 한 사람이 장작더미 위에 누워 있는 진짜 시체를 발견했던

것이다. 정신이 든 승려들은 누군가가 여자를 납치해 갔다는 것
을 알아차렸다. 그들은 활과 총을 쏘아 대며 뒤쫓았지만, 도둑들
은 이미 멀리멀리 도망가 버린 뒤였다.

납치극은 대성공을 거두었다. 자신의 모험이 너무나 대견해
서 파스파르투는 1시간이 지났는데도 자꾸만 웃음이 나왔다. 프
랜시스 경은 파스파르투의 손을 꼭 붙잡고 흔들며 용기를 칭찬
해 주었다. 포그는 그저 "잘했네."라고 말했다. 그뿐이었지만 포
그로서는 대단한 칭찬이었다.

파스파르투는 모든 공을 포그에게 돌렸다. 그는 오로지 아름
다운 여인의 죽은 남편, 그러니까 늙은 토후의 시체 역을 했다
는 것이 재미있을 뿐이었다. 그는 그 장면들을 떠올리면서 마냥
웃어 댔다. 한편 구출된 여자는 무슨 일이 일어났는지도 모른
채 깊은 잠에 빠져 있었다.

코끼리는 아주 빠른 속도로 달려 숲을 통과하였다. 그리하여
사원을 떠난 지 1시간이 지난 뒤에는 너른 들판을 달리고 있었
다. 일행은 아침 7시쯤 잠시 멈춰 휴식을 취했다. 여자는 아직
정신을 차리지 못했지만, 프랜시스 경은 크게 걱정할 필요가 없
다고 말했다. 대마초 연기를 들이마시면 어떤 상태가 되는지 잘
알고 있었기 때문이다.

프랜시스 경이 걱정한 것은 여자의 앞날이었다. 그는 포그에

게 여자가 인도에 남아 있게 되면 다시 붙잡혀 끔찍한 일을 겪게 될 것이라고 말했다. 그녀가 살아남으려면 인도를 떠나는 수밖에 없었다. 포그는 생각해 보겠다고 대답했다.

일행이 알라하바드에 도착한 시각은 오전 10시쯤이었다. 알라하바드부터는 다시 철로가 놓여 있어서 기차를 타면 하루 만에 캘커타에 도착할 수 있었다. 홍콩으로 향하는 증기선은 다음 날인 10월 25일 정오에 출항하기로 되어 있어, 이 배를 타려면 포그는 반드시 제시간에 캘커타에 도착해야 했다.

포그는 역 근처에 여자가 쉴 만한 방을 잡아 주고, 파스파르투에게 그녀에게 필요한 물건과 옷가지를 사 오라고 일렀다. 파스파르투는 장을 보러 나간 김에 마음껏 눈요기를 하며 돌아다녔다. 그가 역으로 돌아왔을 즈음에는 여자가 막 의식을 차리기 시작했다. 그녀는 점점 본래의 부드럽고 아름다운 눈빛을 되찾아 갔다.

제 4 장

법정에 서다

기차가 막 알라하바드 역을 떠나려는 참이었다. 안내인은 보수를 받기 위해 기다리고 있었다. 포그는 약속했던 금액을 그에게 건넸다. 하지만 딱 그뿐이었다. 파스파르투는 안내인이 얼마나 큰 도움을 주었는지 알고 있었기에 놀라지 않을 수 없었다. 게다가 나중에라도 필라지 사원의 승려들이 그가 여자를 납치할 때 거들었다는 사실을 알게 되면 가만두지 않을 것이었다. 어쩌면 목숨까지 위태로워질지도 모르는 일이다. 코끼리도 문제였다. 그렇게 엄청난 값을 치르고 산 코끼리를 대체 어떻게 처리해야 할까?

하지만 포그는 이미 생각해 둔 게 있었다. 그는 안내인에게 이렇게 말했다.

"자네는 정말 큰 도움이 되었네. 여기까지 안내해 준 것에 대한 대가는 지불했네만, 자네의 정직한 마음과 헌신적인 태도에 대해서는 아직 보상을 하지 않았어. 어떤가? 혹시 이 코끼리가 필요하지 않은가? 원한다면 자네한테 주겠네."

성실한 안내인은 감격에 겨워 눈을 반짝 빛냈다.

"저한테 이 엄청난 선물을 주신다고요?"

"받게나, 자네가 우리한테 해 준 걸 생각하면 이걸로도 부족하지."

파스파르투는 자신의 일처럼 기뻐하며 소리쳤다.

"어서 받아! 고마움에 대한 보답이니까!"

얼마 뒤 포그와 프랜시스 경, 그리고 파스파르투는 안락한 객실에 앉아 있었다. 포그는 아우다에게 가장 좋은 자리를 내주었다. 기차는 바라나시를 향해 전속력으로 달렸다. 바라나시는 알라하바드에서 130킬로미터쯤 떨어져 있었지만, 기차로는 2시간이면 충분했다.

바라나시로 가는 도중에 아우다는 완전히 정신을 차렸다. 그녀는 어디로 가는지도 모르는 기차 안에서 낯선 남자들에게 둘러싸여 있는 것을 깨닫고는 깜짝 놀랐다. 프랜시스 경은 아우다에게 자초지종을 설명해 주었다. 특히 그녀를 구하기 위해 과감하게 희생한 포그의 인정 많은 마음씨와 파스파르투의 대담한 모험을 강조했다. 프랜시스 경의 칭찬에 포그는 아무 말도 하지 않았고, 파스파르투는 "아니, 뭐 그다지 대단한 일도 아닌걸요!"라고 말하면서 몹시 부끄러워했다.

아우다는 목숨을 걸고 자기를 구해 준 사람들에게 말보다는 눈물로 고마움을 전하였다. 하지만 곧 그동안 겪었던 끔찍한 일들이 그녀의 머리를 스치고 지나갔다. 앞으로 자신에게 닥칠 일들을 생각하자 다시금 두려움이 몰려와 몸이 부르르 떨렸다.

포그는 아우다가 무슨 생각을 하고 있는지 알아차렸다. 그래서 그지없이 담담한 태도로, 홍콩으로 데려다 줄 테니 이번 일이 잠잠해질 때까지 그곳에 머무는 것이 어떻겠느냐고 제안했다. 아우다는 그 제안을 아주 고맙게 받아들였다. 다행히도 그녀의 친척 중 한 사람이 중국 연안의 작은 섬에 살고 있었다. 제제흐라는 사람으로, 홍콩에서 알 만한 사람은 다 아는 부유한 무역상이었다.

12시 30분, 마침내 기차가 바라나시 역으로 들어섰다. 이곳에서 프랜시스 경은 포그 일행과 작별했다. 그는 포그의 여행이 성공적으로 끝나기를 진심으로 빌어 주었다.

"제시간에 런던에 도착해서 꼭 내기에 이기길 바라겠소."

포그는 가볍게 악수를 하며 짧막하게 인사했다.

"고마웠습니다."

아우다는 프랜시스 경에게 진심을 담아 감사를 표하며, 은혜를 평생 잊지 않겠다고 말했다. 파스파르투는 프랜시스 경의 손을 꽉 잡고 흔들며 아쉬움을 전했다.

기차는 다시 출발하여, 다음 날 아침 7시에 캘커타에 도착했다. 홍콩행 배는 정오에 떠나기로 되어 있어서, 포그는 5시간쯤 여유가 생겼다. 그는 예정보다 빠르지도 늦지도 않은 제날짜에 도착했다. 인도까지 오면서 벌어 둔 이틀을 아우다를 구하느라 다 써 버렸던 것이다. 그러나 그는 그것을 조금도 아까워하지 않았다.

포그 일행이 역에서 나오자, 경찰관 한 명이 다가왔다.

"당신이 필리어스 포그 씨입니까?"

"그렇습니다만."

경찰관은 파스파르투를 가리키며 물었다.

"이 사람이 당신 하인입니까?"

"그렇습니다."

"두 분 다 날 따라와 주셔야겠습니다."

포그는 전혀 당황하지 않았다. 영국인에게 법은 신성한 것이었고, 경찰관은 그 신성한 법의 대리인이기 때문이었다. 파스파르투는 프랑스 인답게 어떻게 된 일인지 따져 보려고 했지만, 경찰관이 곤봉으로 그의 몸을 툭툭 치며 말을 막았다. 포그는 파스파르투에게 얌전히 따르라는 눈짓을 보내고는 경찰관에게 물었다.

"이 숙녀 분과 함께 가도 괜찮겠소?"

"그렇게 하십시오."

경찰관은 두 필의 말이 끄는 마차 쪽으로 그들을 데리고 갔다. 마차는 그들이 몸을 싣자마자 어딘가를 향해 쏜살같이 달렸다. 20분쯤 후, 마차는 어느 건물 앞에서 멈춰 섰다. 겉보기에는 평범했지만 분명 일반 주택은 아니었다.

경찰관은 포그 일행을 작은 감방에 가둔 뒤, 한마디를 던지고는 가 버렸다.

"8시 30분에 판사 앞에 출두하게 될 거요."

파스파르투가 자리에 털썩 주저앉으며 외쳤다.

"이런, 우리가 잡히고 말았군요!"

아우다가 포그에게 진심 어린 목소리로 말했다.

"이제 그만 절 포기하세요! 두 분이 체포된 건 저 때문이에요! 저를 구한 것 때문이라고요!"

포그는 그럴 리가 없다고 딱 잘라 말했다. 사람을 불에 태워 죽이려는 걸 구해 냈는데 그것 때문에 잡혔다고? 그럴 리가 없다! 분명히 뭔가 오해가 있는 것이리라. 포그는 어떤 일이 있어도 아우다의 곁을 떠나지 않을 것이고, 반드시 홍콩에 데려다 주겠다고 말했다.

그러나 파스파르투는 체념한 투로 투덜거렸다.

"하지만 배는 12시에 출발한다고요!"

포그는 태연한 얼굴로 대답했다.

"12시가 되기 전에 배를 타면 되지 않나."

주인이 너무나 자신만만한 목소리로 말을 해서, 파스파르투는 자기도 모르게 마음속으로 중얼거렸다.

'그래, 그래! 우리는 12시 전에 꼭 배에 타고 있을 거야. 틀림없어!'

8시 30분이 되자 감방 문이 열렸다. 경찰관이 그들을 법정으로 데리고 갔다. 많은 사람들이 방청석을 메우고 있었다. 잠시 후 통통하게 살이 찐 판사가 들어와 자리에 앉았고, 뒤이어 서기가 들어왔다. 판사가 입을 열었다.

"첫 번째 사건."

서기가 피고의 이름을 불렀다.

"필리어스 포그!"

"네, 접니다."

"장 파스파르투!"

"네!"

판사가 말했다.

"피고들을 체포하기 위해 우리는 지난 이틀간 봄베이에서 오는 모든 기차를 철저하게 감시했소."

파스파르투가 물었다.

"도대체 왜요? 우리가 뭘 잘못했단 말입니까?"

"기다리시오. 이제 곧 알게 될 테니."

포그가 입을 열었다.

"판사님, 저는 영국 시민으로서 제 권리를……."

판사는 말을 잘랐다.

"부당한 취급을 받기라도 했소?"

"그건 아닙니다."

"그럼 고소인들을 들여보내시오."

문이 열리자 힌두교 승려 세 명이 법정으로 들어왔다. 파스파르투는 혼잣말로 중얼거렸다.

"역시 그거였군! 아우다 부인을 태워 죽이려던 자들이야!"

승려들이 판사 앞에 서자, 서기는 큰 소리로 고소장을 읽기 시작했다. 필리어스 포그와 그의 하인이 신성한 사원에서 폭력적이고 무질서한 행동을 하였다는 내용이었다.

판사는 포그에게 물었다.

"고소 내용을 들었습니까?"

포그는 회중시계를 들여다보며 대답했다.

"네."

"고소 내용을 인정합니까?"

"인정합니다. 하지만 먼저 저 승려들이 필라지 사원에서 무슨 짓을 저지르려고 했는지 자백하기를 요청합니다."

승려들은 어리둥절한 얼굴로 서로를 바라보았다. 그들은 포그가 무슨 말을 하는지 전혀 이해하지 못하는 것 같았다. 파스파르투가 참지 못하고 소리쳤다.

"맞아요! 필라지 사원에서 저자들이 불쌍한 여자를 산 채로 태워 죽이려고 했다고요!"

승려들은 아까보다 더 놀란 표정을 지었고, 판사 역시 일시적으로 혼란에 빠진 듯했다. 이윽고 판사가 입을 열었다.

"저들이 도대체 누굴 태워 죽이려 했다는 거요? 그것도 봄베이 시내 한복판에서 말이오?"

그러자 파스파르투가 되물었다.

"봄베이라고요?"

"그렇소, 우리는 필라지 사원에서 무슨 일이 있었는지 아는 게 없소. 지금 재판하려는 건 봄베이의 말라바르 언덕에 있는 사원과 관련된 사건이오."

서기가 뭔가를 들어 보이며 덧붙였다.

"그 증거로 범인이 남기고 간 신발이 여기 있습니다."

"어! 내 신발이다!"

파스파르투는 너무나 놀라 자기도 모르게 그렇게 소리치고 말았다. 그 순간 주인과 하인이 얼마나 당황했는지는 보지 않고도 충분히 짐작할 수 있다. 두 사람은 봄베이의 사원에서 일어났던 일을 까맣게 잊고 있었다. 그런데 지금 그들이 법정에 서게 된 이유가 바로 그 일 때문이라는 것이다.

봄베이 역에서 픽스는 파스파르투가 포그에게 하는 이야기를 엿듣고는, 그 신발이 자기를 도와주리라 직감했다. 그는 곧바로 사원으로 가서, 승려들에게 파스파르투를 고발해 손해 배상금을 두둑이 챙기라고 부추겼다. 그의 말에 귀가 솔깃해진 승려들은 픽스와 함께 다음 기차를 타고 캘커타로 왔던 것이다.

포그 일행이 아우다를 구하느라 시간을 보내는 동안, 픽스와 승려들은 캘커타에 먼저 도착했다. 픽스는 봄베이에서 미리 캘커타 경찰에 전보를 쳐서, 포그와 파스파르투가 기차에서 내릴 때 체포를 하라고 일러 놓았다. 그런데 그들이 캘커타에 나타나지 않았으니, 픽스가 얼마나 실망했겠는가! 그는 두 사람이 도중에 다른 역에서 내려 이미 도망쳤을지도 모른다는 생각에 몹시 초조해졌다.

픽스는 하루 종일 안절부절못하면서, 기차가 역에 도착할 때마다 꼼꼼히 감시했다. 그렇게 참을성 있게 기다린 보람이 있었다. 그날 아침 포그와 파스파르투가 웬 젊은 여자와 함께 기차역에 모습을 나타냈기 때문이다. 함께 있는 여자가 누구인지 알 수 없었지만, 그건 조금도 중요치 않았다.

파스파르투가 너무 자기 생각에만 빠져 있지 않았더라면, 방청석의 한쪽 구석에 앉아 있는 픽스를 발견했을지도 모른다. 픽스는 재판 과정에 깊은 관심을 가지고 귀를 기울였다. 수에즈와 봄베이에서 그랬던 것처럼, 캘커타에도 아직 체포 영장이 도착하지 않은 상태였다. 그러니 그저 속수무책으로 지켜보고 있을 수밖에 없었다.

한편 판사는 파스파르투가 신발을 보고 무심코 내던진 말을 받아 적으며 말했다.

"그 말은 고소장의 진술이 사실이라는 것을 인정한다는 거겠지요? 당신은 신발을 신은 채 사원에 들어갔습니까?"

파스파르투는 힘없이 대답했다.

"네."

잠시 후 판사는 판결을 내렸다.

"영국의 법은 이와 같은 문제가 발생할 경우 인도인의 관습을 존중해야 한다고 명시하고 있다. 10월 20일 피고 장 파스파르투는 말라바르 언덕의 사원에서 불경스러운 행동을 하였다는 사실을 인정했으므로, 구류 15일 및 벌금 삼백 파운드를 선고한다."

파스파르투는 벌금 액수에 깜짝 놀라 소리쳤다.

"삼백 파운드라고요?"

"조용히 하시오! 계속하겠소. 또한 필리어스 포그가 이 사건에 관여하지 않았다는 증거가 없고, 주인으로서 자신이 고용한 사람의 잘못을 마땅히 책임져야 하므로, 필리어스 포그에게 구류 8일 및 벌금 백오십 파운드를 선고한다."

이 광경을 지켜보던 픽스는 빙그레 미소를 지었다. 8일이면 체포 영장이 도착하고도 남을 만한 시간이었다.

파스파르투는 참담한 심정이었다. 주인의 계획은 이제 끝장이 난 것이나 다름없었다. 내기에 져서 재산을 몽땅 잃고 말 것이 불을 보듯 뻔했다. 이 모든 것이 자기가 쓸데없는 호기심에 이끌려 사원에 들어가는 바람에 생겨난 것이었다.

그러나 포그는 실망한 기색을 보이지 않았다. 그는 조용히 자리에서 일어나 침착하게 말했다.

"보석을 신청합니다."

판사가 대답했다.

"보석을 신청하는 것은 당신의 권리요. 받아들이겠소."

예상치 못한 상황에 픽스는 몹시 당황했다. 그러나 판사가 두 사람은 외지인이므로 보석금을 각각 천 파운드씩 내라고 하자 금세 안도의 한숨을 내쉬었다.

하지만 포그는 픽스의 기대를 여지없이 무너뜨리고 보석금을 내겠다고 했다. 그러고는 파스파르투가 가지고 있던 가방에서 지폐 한 묶음을 꺼내 서기의 책상 위에 올려놓았다.

판사가 말했다.

"이 보석금은 당신들이 구류형을 마치면 돌려받을 수 있소. 보석금을 냈으니 당신들을 석방합니다."

포그가 하인에게 말했다.

“가세.”

그때 화가 치민 파스파르투가 소리쳤다.

“내 신발은 돌려줘야 할 것 아닙니까!”

그들은 신발을 돌려주었다. 파스파르투는 신발을 받으며 중얼거렸다.

“이거 엄청나게 비싼 신발이구먼. 한 짝에 천 파운드라니! 나한테 어울리기나 하겠어?”

포그는 아무 일도 없었다는 듯 아우다와 팔짱을 끼고 걸어 나갔고, 파스파르투는 잔뜩 풀이 죽은 채 그 뒤를 따라갔다. 픽스 역시 그 뒤를 바짝 따랐다. 아직도 그는 은행 절도범이 이천 파운드라는 거금 대신 구류형을 선택할 것이라는 일말의 기대를 버리지 않았다.

포그 일행은 마차를 잡아 탔다. 픽스는 행여나 놓칠세라 마차를 따라 눈썹이 휘날리도록 달렸다. 마차는 곧 부두에 도착했다. 부두에서 1킬로미터쯤 떨어진 바다 위에 랑군 호가 정박해 있었다. 그때가 11시였으니, 포그는 1시간이나 일찍 도착한 셈이었다.

픽스는 포그 일행이 마차에서 내려 거룻배를 타고 곧장 랑군 호로 가는 것을 보았다. 그는 분통이 터져 발을 구르며 소리를 질렀다.

“나쁜 놈, 또 놓치다니! 이천 파운드도 날아가 버렸군! 두고 봐

라, 이 도둑놈! 지구 끝까지라도 쫓아가 잡고 말 테다. 그런데 이
렇게 돈을 써 대면 훔친 돈이 남아나겠나!"

픽스가 이렇게 걱정하는 데에는 그럴 만한 이유가 있었다. 포
그는 런던을 떠난 이후로 이미 오천 파운드 이상을 써 버렸던
것이다. 포그가 가진 돈이 줄어들수록 사건을 해결했을 때 픽스
가 받을 수 있는 현상금 역시 줄어들 수밖에 없었다.

제 5 장

홍콩으로 가는 길

랑군 호는 인도에서 중국과 일본을 오가는 증기선으로, 속도는 몽골리아 호만큼 빨랐지만 시설은 그만 못했다. 하지만 캘커타에서 홍콩까지의 거리는 약 5,600킬로미터밖에 되지 않아, 길어도 12일 정도만 견디면 되었다.

홍콩으로 가면서 아우다는 포그가 어떤 사람인지 더 많이 알게 되었다. 그래서 틈 나는 대로 자신을 구해 주고 또 아무런 불편을 느끼지 않도록 세심하게 돌봐 주는 것에 고마움을 표시하였다.

아우다는 인도에서 가장 높은 계급에 속하는 부족 출신이었다. 친척 중에는 무역으로 엄청나게 돈을 많이 번 이도 있었는데, 그중 한 사람이 홍콩에 사는 제제흐 씨였다. 아우다는 제제흐 씨를 찾아가 도움을 청할 생각이었지만, 도움을 받을 수 있을지는 확신할 수 없었다.

포그는 시종일관 무심한 태도로 아우다를 대했다. 늘 깍듯하게 예의를 갖추는 모습이 너무 격식에 매인 사람으로 여겨지게도 하였다. 그러면서도 아우다를 위해 사소한 것까지도 직접 챙겨 주고 규칙적으로 찾아가 보는 등 배려를 아끼지 않았다. 그는 자신에 관한 이야기는 별로 하지 않았고 친근한 감정을 조금도 내비치지 않았다. 하지만 그녀가 하는 이야기를 귀 기울여 들어 주었다.

아우다는 포그의 이런 모습이 잘 이해되지 않았다. 그러자 아우다의 혼란을 눈치챈 파스파르투가 그녀에게 주인의 성격과 특징을 알려 주었다. 그리고 그들이 왜 세계 일주를 하고 있는지도 이야기해 주었다.

날씨는 화창하고 바다는 잠잠했다. 랑군 호는 벵골 만을 가로질러 싱가포르를 향해 빠르게 나아갔다. 한편 포그를 따라 랑군 호에 탑승한 픽스는 파스파르투에게 들키지 않으려고 내내 선실에 숨어 지냈다.

그는 홍콩에 도착하면 어떻게든 포그를 체포해야 한다고 생각했다. 싱가포르에 정박하는 시간은 너무 짧아서 손을 쓸 겨를이 없을 터였다. 영국령인 홍콩을 벗어나면 체포 영장만으로는 포그를 체포할 수 없기 때문에, 무슨 일이 있어도 더 멀리까지 가도록 해서는 안 되었다.

이런저런 궁리 끝에 픽스는 파스파르투에게 사실대로 털어 놓고 도움을 청해 보기로 마음먹었다. 그가 포그에게 알릴 위험 도 있었지만, 그런 것까지 미리 걱정할 정도로 여유롭지 않았다. 바로 다음 날이면 싱가포르에 도착하기 때문이었다. 픽스는 파 스파르투에게 자연스레 접근하기 위해, 아주 우연히 만난 척하 려고 갑판을 어슬렁거렸다. 마침 갑판으로 산책을 나온 파스파 르투가 픽스를 발견했다.

"아니, 픽스 씨! 여긴 웬일입니까 봄베이에 있는 줄 알았는데 요. 픽스 씨도 세계 일주를 하고 있나요?"

"아, 안녕하시오! 댁도 이 배를 탔군요. 나는 홍콩까지 갑니다. 거기서 며칠 묵을 일이 생겨서요."

"아니, 그런데 캘커타에서 여기까지 오는 동안 어째서 한 번도 못 만났을까요?"

"아……, 몸이 안 좋아서 계속 선실에서 쉬고 있었소. 그나저 나 주인께서는 안녕하시오?"

"그럼요, 아직 하루도 차질이 없답니다. 신경 써 주셔서 감사 하네요. 참, 픽스 씨, 숙녀 한 분이 우리와 동행하게 되었어요."

픽스는 무슨 말인지 모르겠다는 듯 시치미를 떼고 물었다.

"숙녀라고요?"

파스파르투는 그동안 있었던 일을 신이 나서 떠들어 댔다. 봄베이에서 있었던 사건을 비롯해서 코끼리를 이천 파운드나 주고 산 일, 숲 속에서 아우다를 구한 일, 그리고 그들이 캘커타의 법정에 서게 된 일까지 모조리. 픽스는 마지막 사건은 잘 알고 있었음에도 아무것도 모르는 척했다.

"그래서 당신 주인은 그 숙녀 분을 유럽까지 데려가려고 하는 겁니까?"

"아, 그건 아닙니다. 홍콩까지만 데려다 주는 거예요. 홍콩에 부자 친척이 살고 있다고 하더군요."

"그렇군요, 아무튼 이렇게 만났으니 제가 술을 한잔 사겠습니다. 어때요, 파스파르투 씨?"

"좋죠, 고맙습니다."

그날 이후 픽스와 파스파르투는 자주 만났다. 그러나 픽스는 파스파르투한테서 새로운 정보를 얻어 내려고 굳이 애쓰지는 않았다. 한두 번 포그를 보기도 했다. 그때마다 포그는 선실에 앉아 아우다와 이야기를 나누고 있거나, 휘스트 게임에 열중해 있었다.

한편 파스파르투는 픽스와 이처럼 자주 마주치는 것이 좀 이상하다는 생각을 하기 시작했다. 단순히 우연이라고 생각해 버리기에는 지나치리만큼 잦은 만남이었다. 수에즈에서 처음 만난 이 친절한 신사는 몽골리아 호에서 다시 만났다. 그는 분명히 봄베이에 머물 것이라고 했는데, 이제 또 랑군 호에 나타나 홍콩으로 가는 길이라고 하지 않는가.

생각해 보니 이 사람은 포그를 계속 뒤쫓고 있는 셈이었다. 대체 뭐 하는 사람일까? 정말 이상했다. 파스파르투는 포그가 홍콩을 떠날 때 틀림없이 픽스도 홍콩을 떠날 것이라고 짐작했다. 그것도 같은 배로.

파스파르투가 100년을 생각해 본다 한들, 주인이 미행을 당하는 진짜 이유를 알아낼 수는 없었을 것이다. 그는 주인이 절도 혐의를 받고 추적당하는 것이라고는 꿈에도 생각지 못했다.

하지만 사람이란 어떤 일에든 자기 나름대로의 해답을 찾기 마련이다. 파스파르투도 자못 그럴듯한 답을 찾아냈다. 픽스는 주인이 약속대로 세계 일주를 잘 하고 있는지 감시하기 위해 개혁 클럽의 회원들이 보낸 사람일 것이다! 파스파르투는 이렇게 명쾌한 답을 찾아낸 자신을 대견스럽게 여기며 마음속으로 외쳤다.

'바로 그거야! 주인님이 혹시라도 속임수를 쓸까 봐 몰래 감시할 사람을 붙인 거야. 정말로 치사하군그래. 아! 개혁 클럽 신사 양반들, 이러시면 후회하실 텐데요!'

파스파르투는 자기가 알아낸 사실에 몹시 우쭐해졌지만, 주인에게는 아무 말도 하지 않기로 했다. 개혁 클럽의 동료들이 자신의 정직성을 의심하고 있다는 사실을 알게 되면, 주인의 자존심에 상처가 될지도 모른다는 생각이 들어서였다. 하지만 기회를 봐서 픽스는 좀 골려 주어야겠다고 마음먹었다.

10월 31일 새벽 4시, 랑군 호는 연료용 석탄을 보충하기 위해 예상보다 12시간이나 앞서 싱가포르에 도착했다. 포그는 아우다와 함께 배에서 내렸다. 포그의 일거수일투족을 감시하던 픽스는 조심스럽게 그의 뒤를 밟았다. 파스파르투는 픽스의 이런 모습을 보고 코웃음을 치며 필요한 물건을 사러 나갔다.

싱가포르는 워낙 조그만 섬인 데다 산이라고 부를 만한 것도 없어서, 경관은 그다지 훌륭하다고 할 수 없었다. 그렇지만 그 나름대로의 매력을 가지고 있었다. 포그와 아우다는 2시간 동안 마차를 타고 아담한 숲과 언덕을 기분 좋게 둘러본 후, 시내로 돌아와 번잡한 거리와 낯선 사람들을 구경했다.

그들은 10시쯤 다시 랑군 호에 승선했다. 픽스가 한시도 눈을 떼지 않고 두 사람을 뒤쫓았음은 말할 나위가 없었다. 파스파르투는 배 안에서 기다리고 있었다. 11시가 되자 랑군 호는 검은 연기를 내뿜으며 항구를 빠져나갔다.

홍콩은 싱가포르에서 2,100킬로미터쯤 떨어져 있었다. 포그는 배가 엿새 안에 홍콩에 도착하기를 바랐다. 그래야 11월 6일 홍콩에서 일본의 요코하마 항으로 가는 배를 탈 수 있었다.

그때까지만 해도 평온하기 그지없던 바다가 달이 하현으로 바뀌자 갑작스레 거칠어졌다. 이따금 강한 바람이 불기도 했으나 다행히 남동풍이어서 항해에 도움이 되었다. 선장은 바람을 이용하기 위해 가끔씩 돛을 올리기도 하였다. 증기의 힘에 바람까지 보태자, 배는 빠른 속도로 내달려 안남과 코친차이나(안남은 지금의 베트남 중부, 코친차이나는 베트남 남부를 말한다.―옮긴이)의 해안을 통과하였다.

하지만 궂은 날씨에는 아무래도 조심해야 할 일이 많아 속도가 떨어질 수밖에 없었다. 게다가 랑군 호의 선체는 구조적인 결함이 있어서 파도가 조금만 높아도 배가 심하게 흔들리는 탓에 더욱 조심해야 했다.

파스파르투는 답답해서 울화통이 터질 지경이었다. 그는 배가 속도를 늦출 때마다 선장과 기관사를 욕하고, 선박 회사에 저주를 퍼부었다. 그러나 포그는 조금도 걱정하거나 초조해하는 기색이 없었다.

어느 날 픽스가 안달하는 파스파르투를 보며 말했다.

"홍콩에 정말 빨리 가야 하나 보군요."

"네, 마음이 급합니다."

"포그 씨도 요코하마행 배를 놓칠까 봐 걱정하고 계신가요?"

"당연하죠."

"혹시 당신도 이제는 80일 안에 세계를 일주할 수 있을 거라고 믿는 거요?"

"그럼요! 당신은 안 믿나요, 픽스 씨?"

"나요? 당연히 믿지 않죠!"

파스파르투는 눈을 찡긋하며 말했다.

"엉큼하시긴!"

이 말이 무슨 뜻인지 알 수 없었지만, 픽스는 왠지 갑자기 불안해졌다.

'이 친구가 내 정체를 알아챈 걸까? 그렇게 조심했는데 대체 어떻게?'

픽스는 갈피를 잡을 수 없었다. 그러나 분명한 것은 파스파르투의 말에 뭔가 의미심장한 뜻이 담겨 있다는 사실이었다.

며칠 후 파스파르투는 한 걸음 더 나갔다. 그는 입이 근질거려서 도저히 참지를 못하고 픽스에게 은근슬쩍 말을 건넸다.

"픽스 씨, 홍콩에 도착하면 아쉽지만 작별해야겠군요."

픽스는 뭐라 말해야 할지 몰라 망설였다.

"글쎄요……, 나도 잘 모르겠소. 아마……."

파스파르투가 말을 끊었다.

"아! 우리와 동행하실 건가요? 난 대환영입니다. 하긴 선박 회사 직원이니 이제 와서 내릴 일은 없으실 테죠. 처음에는 봄베이까지만 가신다고 하더니……, 이제 곧 중국입니다. 미국도 그렇게 멀지 않아요. 게다가 미국에서 유럽은 바로 코앞이고!"

픽스는 조심스레 파스파르투의 표정을 살폈다. 파스파르투의 얼굴에는 그저 사람 좋은 웃음만 가득할 뿐이었다. 그래서 단순한 농담에 지나지 않는 것으로 생각하기로 했다. 파스파르투는 더욱 신이 나서 이렇게 물었다.

"이런 일을 하면 돈은 많이 받나요?"

"그렇다고 할 수도 있고 아니라고 할 수도 있지요. 잘 해결되는 일도 있고 잘 안 되는 일도 있으니까. 물론 내 돈으로 여행을 하는 건 아닙니다."

파스파르투가 크게 웃으며 대꾸했다.

"그야 그렇겠지요."

대화는 이렇게 끝났다. 픽스는 선실로 돌아가 생각에 잠겼다. 자신의 정체가 탄로 난 것이 틀림없었다.

'대체 어떻게 눈치챘지? 하여간 녀석은 내가 형사라는 걸 알아챘어. 그런데 주인한테도 얘기했을까? 이 사건에서 녀석은 어떤 역할을 한 걸까? 혹시 공범이 아닐까? 그들이 이미 내 정체를 알고 있다면, 이제 모든 게 수포로 돌아가고 마는 걸까?'

픽스는 몇 시간 동안 고민에 빠져 끙끙댔다. 어떻게 생각하면 모든 것이 끝났다고 여겨지다가, 또 한편으로는 포그가 아직 진상을 모르고 있을지도 모른다는 희망적인 생각이 고개를 들기도 했다. 앞으로 어떻게 해야 좋을지 픽스는 마음을 정할 수가 없었다.

그러다가 마침내 결심했다. 홍콩에서 포그를 체포하지 못하

게 되면, 파스파르투에게 모든 사실을 털어놓자! 파스파르투가
공범이든 아니든 말이다. 그가 공범이라면 어차피 포그를 체포
할 수 없을 것이고, 공범이 아니라면 포그의 체포를 돕는 것이
자신에게 이롭다고 생각할지도 모르는 일 아닌가.

픽스와 파스파르투는 이렇게 서로 다른 생각을 하고 있었다.
그리고 그들의 중심에는 주위와는 상관없이 자기 궤도에 따라
움직이는, 냉정하고 무심한 포그가 있었다. 그런데 그는 자기 옆
에 아름답게 빛나는 별 하나가 있다는 것을 알지 못했다. 그 별
은 바로 아우다였다.

아우다는 이 영국 신사를 진심으로 고맙게 생각하고 있었다.
그녀의 눈 속에는 언제나 고마움과 그 이상의 감정이 가득 차
있었다. 하지만 아우다를 향한 포그의 감정은 어땠을까? 파스파
르투는 도무지 감을 잡을 수가 없었다.

포그는 분명 언제 어느 때든 그녀를 지켜 줄 준비가 되어 있었
지만, 친절함 이외의 다른 감정은 전혀 없는 듯했다. 그뿐만 아
니라 내기의 승부에도 도무지 관심이 없는 것처럼 보였다. 정작
걱정을 놓지 못하는 사람은 파스파르투였다. 하루는 엔진을 바
라보며 이렇게 외쳤다.

"압력이 모자라! 도대체 배가 움직여야지! 이 겁쟁이 영국인
들은 불도 땔 줄 모르나? 아, 이게 미국 배라면 엔진이 터질 때
까지 불을 땠을 거야. 그럼 이보다는 빨리 갈 텐데!"

홍콩에 도착하기 전 며칠 동안은 날씨가 정말로 끔찍했다. 북서풍이 점점 사납게 불어와 배의 진로를 방해했다. 거친 파도로 배가 요동을 치는 바람에 승객들은 모두 멀미로 고생을 했다.

11월 3일에는 바다가 더 사나워져서 속도는 훨씬 더 느려졌다. 랑군 호는 뱃머리를 바람이 불어오는 쪽으로 돌려 비스듬히 나아갔다. 바람이 자지 않는다면 홍콩에는 예정보다 20시간쯤 늦게 도착할 테고, 그렇게 되면 요코하마행 증기선을 놓치게 될 것이 뻔했다. 그런데도 포그는 눈곱만큼도 걱정하는 기색이 없었다.

픽스는 기분이 좋았다. 이 상태라면 포그는 요코하마행 배를 놓치고 어쩔 수 없이 홍콩에서 며칠간 머무르게 될 것이다! 궂은 날씨가 여간 고맙지 않았다. 뱃멀미로 고생스럽긴 했지만 그것이 뭐 그리 중요한 문제겠는가.

파스파르투는 어찌나 초조한지 가슴이 터질 지경이었다. 그는 성을 내는 바다를 보며 분통을 터뜨렸다. 그러다 나중에는 도저히 선실에 가만히 앉아 있을 수가 없어서 갑판으로 뛰쳐나갔다. 그가 돛대로 날쌔게 올라가 곡예를 하듯 이 밧줄 저 밧줄로 건너다니며 일을 돕자 선원들의 눈이 대번에 휘둥그레졌다.

그뿐만이 아니었다. 파스파르투는 선장과 항해사, 그리고 선원들을 번갈아 찾아다니며 이 악천후가 도대체 언제까지 갈 것인지 물어보곤 했다. 선원들은 매번 똑같은 대답을 듣고, 매번 똑같이 안절부절못하는 그의 모습에 웃음을 참지 못했다.

마침내 폭풍우가 잦아들었다. 11월 4일 낮에는 바다가 온전히 가라앉았다. 바람은 다시 방향을 바꾸어 항해를 도와주었다. 랑군 호는 다시 본격적으로 속력을 내기 시작했고, 이와 함께 파스파르투도 한결 잠잠해졌다.

하지만 이미 손해를 본 시간은 어쩔 수가 없었다. 11월 6일 아침 5시가 되어서야 겨우 육지가 보이기 시작했다. 예정대로라면 5일에 도착했어야 했다. 꼬박 하루나 늦었기에, 요코하마행 배를 놓친 것은 너무나 분명해 보였다.

6시가 되자 수로 안내인이 랑군 호에 승선하여 항구로 들어가는 길을 안내했다. 파스파르투는 수로 안내인에게 요코하마행 배가 출항했는지 물어보고 싶어 견딜 수가 없었다. 하지만 마지막 순간까지 희망을 버리고 싶지 않은 마음에 입이 떨어지지 않았다. 그는 픽스에게 걱정스런 마음을 털어놓았다. 그러자 픽스는 위로하는 척하며 말했다.

"걱정할 게 뭐 있소? 다음 배를 타도 늦지 않을 거요."

그 말에 파스파르투는 화가 치밀어 몸을 부르르 떨었다.

잠시 후 포그는 수로 안내인에게 다가가 파스파르투가 차마 묻지 못했던 것을 물었다.

"혹시 홍콩에서 요코하마로 가는 배가 언제쯤 출발하는지 아십니까?"

“내일 아침 만조 때 출발합니다.”

포그는 전혀 놀라는 기색 없이 대구했다.

“아, 그래요?”

옆에 있던 파스파르투는 수로 안내인을 얼싸안아 주고 싶었다. 그러나 두 사람의 대화를 엿듣고 있던 픽스는 당장 수로 안내인의 목을 비틀어 버리고 싶은 심정이었으리라.

포그가 물었다.

“배 이름이 뭡니까?”

“카르나티크 호입니다.”

“카르나티크 호는 어제 출발할 예정이 아니었소?”

“맞소이다. 한데 보일러 하나가 고장 났지 뭡니까? 수리하느라 출발을 내일로 연기한 겁니다.”

“그렇군요, 감사합니다.”

포그는 이렇게 대답하고 선실로 내려갔다. 파스파르투는 수로 안내인의 손을 움켜잡고 세차게 흔들며 말했다.

“당신, 정말 멋진 사람이오!”

수로 안내인은 왜 자기한테 그런 인사치레를 하는지 이해할 수 없었을 것이다. 그는 잠시 의아해 하다가 담담하게 하던 일을 계속했다.

포그는 정말 억세게 운이 좋은 사람이었다. 만약 보일러가 고장 나지 않았다면 카르나티크 호는 예정대로 하루 전에 홍콩을 떠났을 테고, 일본으로 가는 승객들은 다음 배를 타기 위해 무려 일주일을 기다려야 했을 것이다.

어쨌든 계획보다 하루가 늦어지기는 했지만, 그다지 큰 문제는 아니었다. 요코하마를 출발해 샌프란시스코로 가는 증기선은 홍콩에서 떠나는 카르나티크 호와 연결되는 배편이었다. 때문에 카르나티크 호가 요코하마에 도착하지 않으면 그 배도 떠나지 않을 것이었다. 그리고 하루쯤은 태평양을 건너는 동안 쉽게 만회할 수 있는 시간이었다.

카르나티크 호는 다음 날 아침 5시에 출발할 예정이었다. 출발할 때까지 16시간의 여유가 있었다. 그사이에 포그가 처리해야 할 중요한 일이 있었다.

포그 일행은 배에서 내려 근처에서 가장 좋은 호텔에 방을 잡았다. 포그는 아우다를 호텔 방에 머물러 있도록 하고, 파스파르투에게는 아우다가 혼자 있지 않도록 잘 돌보라고 일러 두었다. 그러고는 아우다의 친척인 제제흐 씨를 찾아 나섰다.

포그는 홍콩의 증권 거래소를 찾아갔다. 제제흐 씨가 홍콩에서 손꼽히는 무역상이라 했으니, 그곳에 가면 소식을 들을 수 있으리라 생각한 것이었다. 하지만 그곳에서 알아낸 사실이라곤 그 부유한 인도인이 2년 전에 사업을 접고 이민을 떠났다는 소식뿐이었다. 네덜란드 상인들과의 거래가 많았으니, 아마도 네덜란드로 갔을 것이라 했다.

포그는 곧바로 호텔로 돌아와 아우다에게 증권 거래소에서 들은 소식을 전해 주었다. 아우다는 다소 충격을 받은 듯 얼른 입을 열지 못했다. 그녀는 한 손을 이마에 댄 채 잠시 동안 생각에 잠겼다가 물었다.

"저는 이제 어떻게 하죠, 포그 씨?"

"함께 유럽으로 가시지요."

"하지만 더 이상 폐를 끼칠 수는 없는데……."

"그런 걱정은 조금도 하지 마십시오. 여보게, 파스파르투!"

"네, 주인님."

"카르나티크 호에 가서 선실 세 칸을 예약하게."

파스파르투는 친절하고 다정한 인도 여인과 여행을 계속하게 된 것을 무척이나 기쁘게 생각하며 호텔에서 나왔다. 그는 주머니에 손을 찌른 채 항구 쪽으로 걸어갔다.

거리는 중국인과 일본인, 유럽 인들로 북적거렸고, 거리의 풍경은 그가 지금까지 지나온 봄베이나 캘커타, 그리고 싱가포르와 그다지 다르지 않았다. 지구 위로 영국의 도시들이 꼬리를 물고 길게 이어져 돌고 있는 듯했다.

부두에 도착해 보니 픽스가 낙담한 표정으로 카르나티크 호 근처를 어슬렁거리고 있었다. 그 모습을 본 파스파르투가 중얼거렸다.

“흥, 정말 고소하군! 개혁 클럽 신사 양반들한테는 일이 꼬여 가는 모양이야.”

픽스가 낙담하고 있는 데에는 그럴 만한 이유가 있었다. 포그의 체포 영장이 아직도 도착하지 않았던 것이다. 영장이 오고 있는 것은 확실했지만 너무 늦었다. 포그가 홍콩을 벗어나는 순간부터 영국 법의 적용을 받지 않게 되므로, 그를 홍콩에 붙잡아 놓지 않으면 영원히 잡을 수 없을 것이 뻔했다.

파스파르투가 싱긋 웃으며 픽스에게 다가갔다.

“아, 픽스 씨, 미국까지 가기로 결정하셨습니까?”

픽스는 이를 악물고 대답했다.

“그렇소.”

파스파르투는 크게 웃음을 터뜨리며 소리쳤다.

“그것 보세요! 난 픽스 씨가 우리와 함께할 줄 진작에 알고 있었다니까요! 자, 같이 가서 선실이나 예약합시다.”

둘은 선박 회사의 사무실로 가서 선실 네 칸을 예약했다. 그런데 선박 회사의 직원이 카르나티크 호의 수리가 예상보다 일찍 끝나 출항 시간이 그날 저녁 8시로 변경되었다고 알려 주었다. 파스파르투가 말했다.

“그거 잘됐군요. 얼른 가서 주인님께 알려 드려야겠어요.”

그 순간 픽스는 마음을 다잡았다. 파스파르투에게 모든 것을 털어놓기로 한 것이었다. 그것 말고는 달리 포그를 홍콩에 붙잡아 둘 방법이 없었다. 사무실을 나서면서 픽스가 입을 열었다.

"시간도 넉넉하니 어디 가서 한잔합시다."

"좋지요, 하지만 오래는 안 됩니다."

두 사람은 부둣가의 한 술집으로 들어갔다. 너른 홀 안에는 서른 명쯤 되는 사람들이 작은 탁자에 삼삼오오 둘러앉아 왁자하게 술을 마시고 있었다. 특이하게도 홀 한쪽 구석에 커다란 침상이 놓여 있었는데, 그 위에 사람들 몇몇이 널브러져 잠을 자고 있었다.

그런데 술을 마시는 사람들을 자세히 보니 저마다 도자기로 만든 긴 담뱃대를 빨고 있었다. 아편을 피우고 있었던 것이다. 이따금 아편에 취해 탁자 밑으로 쓰러지는 사람이 있으면, 종업원들이 재빨리 달려와 그를 업어 침상에 눕혔다. 픽스와 파스파르투는 아편굴에 들어왔다는 것을 알고 잠시 당황했다.

영국은 치명적인 중독성을 지닌 아편을 팔아 어마어마한 돈을 벌어들이고 있었다. 중국 정부는 엄격한 법을 제정해 아편의 범람을 막으려 했지만 아무 소용이 없었다. 처음에는 부유층만 즐겼던 아편이 하층 계급에까지 급속하게 퍼져 나가는 바람에, 이제는 중국 어디에서나 아편 중독자들을 볼 수 있었다. 중국 사회는 이것 때문에 몹시 황폐해진 상태였다. 홍콩에도 이런 아편굴이 많았는데, 픽스와 파스파르투가 들어간 곳도 그런 아편굴 중 하나였다.

그들은 포도주 두 병을 시켰다. 파스파르투는 워낙 포도주를 좋아해 연거푸 술잔을 들이켰지만, 픽스는 술을 거의 입에 대지 않은 채 파스파르투의 얼굴을 찬찬히 바라보았다. 두 사람은 이런저런 이야기를 나누었다. 그러다가 픽스가 포그 일행과 함께 카르나티크 호에 타기로 한 것이 화제에 올랐다. 그 순간 파스파르투의 머릿속에 주인한테 출항 시간이 변경된 것을 알려야 한다는 생각이 스치고 지나갔다. 그는 자리에서 벌떡 일어났다. 그러자 픽스가 다급하게 붙잡았다.

"잠깐만요."

"왜요, 픽스 씨?"

"중요하게 할 얘기가 있소이다."

파스파르투가 마지막 잔을 들이키며 말했다.

"중요한 일이라고요? 음, 내일 얘기합시다. 오늘은 가 봐야겠어요."

"기다려 봐요. 당신 주인에 관한 얘기요."

파스파르투는 픽스의 표정이 여느 때와 다르다는 것을 느끼고 다시 자리에 주저앉았다.

"무슨 말을 하려고요?"

픽스는 목소리를 낮추고 은밀하게 물었다.

"내가 누군지 아셨소?"

파스파르투는 빙긋 웃으며 대답했다.

"당연히 알죠!"

"그럼 다 터놓고 말하겠소."

"하하, 이제야 털어놓는군요. 좋아요! 하지만 그 전에 내가 먼저 알려 주고 싶군요. 그 양반들 참 엉뚱한 데다 돈을 낭비하고 있다고 말입니다."

"엉뚱한 데라니? 그 돈이 얼마나 되는지 모르나 본데……."

"아니, 알아요. 이만 파운드 아닙니까?"

"아니오, 오만 오천 파운드요."

파스파르투가 벌떡 일어서며 외쳤다.

"뭐라고요? 오만 오천! 그렇다면 더더욱 한시도 허비할 수 없군요."

"그래요, 오만 오천 파운드요!"

픽스는 파스파르투를 억지로 자리에 앉히고, 브랜디 한 병을 더 주문했다. 그러고는 말을 이었다.

"내가 성공하면, 보상금으로 이천 파운드를 받게 되오. 만약에 당신이 날 도와주면 오백 파운드를 떼어 주겠소."

파스파르투가 눈을 동그랗게 뜨고 말했다.

"당신을 도우라고요?"

"그렇소, 며칠 동안만 포그 씨를 홍콩에 붙들어 두기만 하면 되는 거요."

"무슨 말을 하는 겁니까? 아니, 그 양반들은 주인님을 의심하고 미행시키는 걸로는 부족하답디까? 이제 여행까지 방해하려고 들다니, 부끄러운 줄 알아야지!"

픽스는 파스파르투의 말을 전혀 이해할 수 없었다.

"도대체 지금 무슨 소리를 하는 거요?"

"이건 완전히 반칙이나 마찬가지예요. 아예 우리 주인님 주머니에서 돈을 꺼내 가지 그래요?"

"바로 그러고 싶은 거요!"

파스파르투가 소리쳤다.

"야비한 속임수를 쓰면서 말입니까? 그러면서 자기네들이 신사라고?"

파스파르투는 너무 흥분한 나머지 자기도 모르게 픽스가 따라 주는 브랜디를 벌써 여러 잔째 벌컥벌컥 들이키고 있었다. 픽스는 점점 더 혼란스러워졌다. 파스파르투는 계속 소리쳤다.

"동료라는 사람들이! 그것도 소위 개혁 클럽의 회원이라는 신사님들이 어떻게 그럴 수가 있습니까? 픽스 씨, 내 말 똑똑히 들어요 우리 주인은 정말 정직한 분입니다. 내기를 하더라도 정정당당하게 이기려고 하지 속임수 같은 건 절대 쓰는 분이 아니라고요!"

픽스가 의아한 눈길로 물었다.

"댁은 도대체 내가 어떤 사람이라고 생각하는 거요?"

"당신? 그야 물론 우리 주인님을 감시하려고 개혁 클럽의 동료들이 보낸 사람이겠지. 좋은 꾀를 냈다고 생각했겠지만 정말 부끄러운 일 아니오? 나는 댁의 정체를 얼마 전부터 다 알고 있었다고요. 하지만 주인님께 알리지 않으려고 얼마나 애쓴 줄 아십니까?”

픽스는 머릿속을 가득 덮고 있던 시커먼 구름들이 이제야 시원하게 걷히는 듯한 느낌이 들었다.

“그럼 포그 씨는 아직 아무것도 모르고 있단 말이오?”

다시 잔을 비우며 파스파르투가 대답했다.

“아무것도 몰라요.”

픽스는 골똘히 생각에 잠겼다. 어떻게 해야 하나? 파스파르투의 오해로 계획을 실행하기가 더 어렵게 되어 버렸다. 파스파르투가 거짓말을 하고 있지 않다는 것은 분명했다. 그는 은행 절도와도 무관했다.

‘그래, 절도 사건과는 아무런 상관이 없으니 나를 도와줄지도 몰라.’

픽스는 다시 마음을 결정했다. 게다가 이제는 정말로 허비할 시간이 없었다. 무슨 일이 있어도 홍콩에 머무르는 동안 포그를 붙잡아야 했다. 그는 지금까지의 모습을 버리고 차가운 표정으로 입을 열었다.

“이봐요, 내 말 잘 들으시오. 난 댁이 생각하는 그런 사람이 아니오. 개혁 클럽의 회원들이 보낸 사람이 아니라고.”

파스파르투는 코웃음을 쳤다.

"흥! 그걸 나보고 믿으라고?"

"난 런던 경찰에서 파견 나온 형사요."

"당신이…… 형사라고요?"

"그렇소, 증거를 보여 주지. 자, 여기 신분증이오."

그는 런던 경찰서장의 서명이 들어 있는 신분증을 꺼내 보여 주었다. 파스파르투는 너무 놀라 벌어진 입을 다물지 못한 채 신분증과 픽스를 번갈아 보았다. 픽스가 말했다. "80일 만에 세계 일주를 하겠다는 내기는 그저 속임수일 뿐이오. 당신과 개혁 클럽 동료들의 눈을 속이고 경찰의 추적을 피하려는 수작이었지."

"하지만 왜 도망을 친단 말입니까? 뭘 어쨌는데요?"

"지난 9월 28일, 영국은행에서 오만 오천 파운드가 도난당했소. 자, 나한테 범인의 인상서가 있으니, 한번 보시오. 모든 게 당신 주인하고 똑같단 말이오!"

파스파르투가 탁자를 쾅 내리치며 소리 질렀다.

"말도 안 돼요! 세상에 우리 주인님처럼 정직한 사람은 없다고요!"

"그걸 어떻게 장담하시오? 포그를 잘 알지도 못하면서. 당신은 영국을 떠나던 그날 고용되지 않았소? 포그는 터무니없는 내기를 구실로 내세워, 짐도 제대로 꾸리지 않고 서둘러 영국을 떠났소. 가방에 엄청나게 많은 돈을 채워 넣고 말이지. 그런데도 포그가 정직한 사람이라고 말할 수 있겠소?"

파스파르투가 풀 죽은 목소리로 대답했다.

"그래요, 그래. 그래도 난 주인님을 믿습니다."

"그럼 당신은 공범으로 체포될 거요."

파스파르투는 두 손으로 머리를 감싸고 고민에 빠졌다. 조금 전의 자신만만한 표정은 어딘가로 사라져 버렸다. 그는 픽스를 제대로 쳐다볼 수가 없었다. 뭐라고? 포그 씨가 은행을 털었다고? 아우다 부인을 구해 낸 그 용감하고 인정 많은 분이?

하지만 의심스러운 부분이 너무 많았다. 파스파르투는 픽스가 한 말을 믿지 않으려고 애를 썼다. 아무래도 주인이 도둑이라는 건 믿기지 않는 일이었다. 그러나 이미 너무 취한 탓에 생각이 명료하게 정리되지 않았다. 한참 후에 그가 입을 열었다.

"그래서 나한테 원하는 게 뭡니까?"

"난 포그를 붙잡으려고 여기까지 쫓아온 거요. 그런데 런던에서 보낸 체포 영장이 아직 도착하지 않았소. 체포 영장을 받을 때까지는 포그가 홍콩을 떠나지 못하도록 붙잡아 둬야 하오. 당신이 나를 좀 도와주시오."

"도와 달라고요?"

"날 도와주면 현상금 이천 파운드의 반을 댁한테 주겠소."

"싫소이다!"

파스파르투는 이렇게 소리치며 자리에서 일어났다. 그러나 곧바로 다시 주저앉고 말았다. 머리가 몹시 어지러운 데다, 온몸의 기력이 다 빠져나간 느낌이었다. 파스파르투는 무언가 말을 해 보려고 안간힘을 썼다.

"이봐요……, 설령 당신 말이 사실이라고 해도……, 그분이 도둑이라고 해도 난 여전히 그분의 하인이에요……. 주인님 시중을 드는 내내…… 나쁜 점이라고는 단 하나도 못 봤다고요……. 친절하고 용감한 사람이라는 것밖에는…… 아무것도 모르겠어요……. 그런데 뭐라고? 잡는 걸 도와 달라고……? 싫소! 이 세상의 돈을 다 준다 해도 싫소이다……. 내가 그런 짓을 할 사람으로 보인단 말입니까?"

"거절하는 거요?"

"거절합니다……."

"좋소, 그럼 지금까지 내가 한 말은 없던 걸로 합시다. 술이나 실컷 마시자고요. 자, 한 잔 더 하시오."

픽스는 파스파르투의 술잔에 술을 가득 채웠다. 그러다가 탁자 위에 누군가가 피우다 버린 아편 담뱃대가 굴러다니는 것을 발견하고는 그것을 집어 파스파르투에게 건넸다. 파스파르투는 무심결에 그 담뱃대를 받아 들고 한 모금 빨았다. 그를 끝장내는 데는 그것으로 충분했다. 파스파르투는 의자 아래로 털썩 쓰러지더니 그대로 정신을 잃고 말았다. 그 모습을 보고 픽스가 중얼거렸다.

"됐어! 이제 포그는 출항 시간이 앞당겨졌다는 소식을 들을 수 없겠지. 어찌어찌해서 홍콩을 떠난다 해도 이 녀석을 데리고 가지는 못하겠군."

그는 술값을 계산하고 밖으로 나왔다.

제 6 장

포그, 배를 놓치다

파스파르투에게 그런 일이 벌어지고 있는 줄도 모르고, 포그는 아우다와 함께 홍콩의 거리를 거닐고 있었다. 아우다가 그를 따라 유럽으로 가겠다는 뜻을 밝힌 터라, 여행에 필요한 자질구레한 것들을 준비해야 했다.

포그 같은 사람이라면 조그만 가방 하나만 들고도 세계 일주를 할 수 있지만, 숙녀에게 그런 여행을 하라고 하는 것은 무리였다. 옷도 좀더 많이 있어야 하고, 이것저것 필요한 것이 많았다. 포그는 언제나처럼 담담하게 모든 것을 준비했다. 아우다가 미안한 마음에 도움을 거절하기라도 하면, 그는 이렇게 말하곤 했다.

“이게 다 계획의 일부입니다. 아무 말 마세요.”

얼마 후 포그와 아우다는 쇼핑을 끝내고 호텔로 돌아와 훌륭하게 차려진 저녁을 먹었다. 식사를 마친 후, 아우다는 피곤하다면서 포그에게 인사를 하고 자기 방으로 갔다.

포그는 저녁 내내 신문을 읽으면서 시간을 보냈다. 그는 무슨 일이 있어도 놀라는 법이 없는 사람이어서, 파스파르투가 늦은 밤까지 돌아오지 않는데도 크게 걱정하지 않았다. 카르나티크 호는 내일 아침에 홍콩을 떠나기 때문에, 그 정도는 별로 대수롭지 않은 일이라 여겼던 것이다.

그러나 이튿날 아침에도 파스파르투는 나타나지 않았다. 하인이 간밤에 돌아오지 않았다는 것을 알았을 때 포그가 무슨 생각을 했는지는 알 길이 없다. 그는 가방을 챙겨 들고 마차를 부른 다음, 아우다와 함께 호텔을 나섰을 뿐이다. 그때가 아침 8시였다.

30분 뒤, 마차는 항구에 도착했다. 그때서야 포그는 카르나티크 호가 지난밤에 떠났다는 것을 알게 되었다. 항구에 오면 배도 타고 하인도 만날 수 있으리라 생각했던 것인데, 이제 배도 하인도 다 사라져 버린 꼴이었다. 하지만 그는 실망하지 않았다. 아우다가 걱정스런 표정으로 바라보자 그저 이렇게 말할 뿐이었다.

“괜찮소, 상관없어요.”

바로 그때 그런 두 사람의 모습을 유심히 지켜보던 한 사내가 다가왔다. 픽스였다. 그는 포그에게 인사를 건넸다.

"나하고 같은 처지에 빠진 분이로군요. 어제 들어온 랑군 호 승객 아니신가요?"

포그가 냉랭하게 대답했다.

"그렇소, 댁이 누구신지는 모르겠소만."

"선생의 하인을 여기에서 만날 수 있지 않을까 했는데……."

아우다가 다급하게 물었다.

"그 사람이 어디 있는지 아세요?"

픽스는 몹시 놀라는 척하며 소리쳤다.

"뭐라고요? 두 분과 함께 있지 않았습니까?"

아우다는 몹시 실망한 목소리로 대답했다.

"아니요, 어제부터 보지 못했어요. 혹시 혼자서 카르나티크 호 를 타고 가 버린 게 아닐까요?"

"두 분한테 말도 없이 말입니까? 그럴 리가요. 그런데 자꾸 물 어서 죄송합니다만, 카르나티크 호를 탈 계획이셨나요?"

포그가 대답했다.

"그렇소."

"저도 그럴 생각이었는데, 이거 영 낭패군요. 배가 수리를 끝 내고는 아무런 통보도 없이 예정보다 일찍 떠나 버렸답니다. 다 음 배는 일주일이나 기다려야 한다는군요!"

‘일주일’이라는 말이 입에서 나왔을 때 픽스는 기분이 좋아 미칠 지경이었다. 포그는 이제 일주일 동안은 홍콩을 떠나지 못한다. 그사이에 체포 영장이 도착할 것이다! 행운의 여신이 마침내 자신에게 미소를 지어 보이는 듯했다. 하지만 포그가 담담하게 하는 말을 듣고는 김이 새 버렸다.

“하지만 홍콩 항에는 다른 배들도 있을 거요.”

포그는 아우다에게 팔을 내어 팔짱을 끼게 하고 출항이 가능한 배를 찾으러 갔다. 픽스는 두 사람을 뒤따랐다. 하지만 이번에는 포그에게 운이 따르지 않았다. 필요하다면 요코하마까지 전세라도 낼 작정이었지만, 아무리 찾아다녀도 당장 떠날 수 있는 배는 없었다. 픽스는 다시 희망을 가졌다.

그러나 포그는 쉽게 희망을 버리는 사람이 아니었다. 그는 마카오까지라도 가서 배를 찾겠다고 결심했다. 그러고 있을 즈음 뱃사람 한 명이 다가와 말을 걸었다.

“배를 찾으십니까?”

포그가 물었다.

“당장 떠날 수 있는 배가 있소?”

“그럼요.”

“빠른 배요?”

“시속 13 내지 15킬로미터는 되죠. 보시렵니까?”

“그럽시다.”

“마음에 드실 겁니다. 뱃놀이를 즐기시려는 건가요?”

“요코하마까지 갈 생각이오.”

뱃사람은 눈이 휘둥그레지면서 입을 쩍 벌렸다.

“농담이시죠?”

“농담이 아니오. 카르나티크 호를 놓쳐서 이러는 거요. 샌프란시스코로 떠나는 배를 타려면 늦어도 14일까지는 요코하마에 도착해야 하오.”

“죄송합니다만, 어렵겠습니다.”

“하루에 백 파운드를 주겠소. 그리고 만약 제시간에 도착하게 되면 이백 파운드를 더 얹어 주고.”

“정말입니까?”

“그렇소.”

뱃사람은 잠시 생각해 보느라고 저쪽으로 걸어갔다. 그는 바다를 바라보았다. 거금을 쥐고 싶은 욕망과 작은 배로 바다 멀리까지 나가야 하는 것에 대한 두려움이 서로 싸우는 모양이었다. 픽스는 불안해 가슴이 터질 것 같았다. 그러는 사이 포그는 아우다를 돌아보며 물었다.

“두렵지 않소?”

“아니요, 포그 씨하고 함께 가는데요, 뭘.”

뱃사람이 다시 돌아왔다. 포그가 물었다.

“그래, 마음을 정했소?”

"글쎄요, 선생님. 목숨을 걸고 바다로 나갈 수는 없습니다. 선
원들과 제 목숨도 그렇고, 선생님의 목숨도 중요하니까요. 지금
은 1년 중에서 바다가 가장 사나워지는 시깁니다. 이런 때에 작
은 배로 그렇게 긴 항해를 하기는 힘듭니다. 게다가 제시간에
도착한다고 장담할 수도 없어요. 홍콩에서 요코하마까지는 무
려 2,640킬로미터나 되니까요."

"2,500킬로미터요."

"그게 그거지요."

픽스가 남몰래 숨을 돌렸다.

"하지만 방법이 없는 것도 아닙니다."

"그게 뭐요?"

"홍콩에서 일본 최남단에 있는 나가사키까지는 1,760킬로미
터 거리죠. 상하이까지는 1,280킬로미터고요. 그런 곳이라면 중
국 해안으로 가까이 붙어서 갈 수 있으니 좀더 안전할 겁니다.
게다가 이 시기엔 바람도 그쪽으로 부니까요."

"나는 요코하마로 가서 샌프란시스코행 배를 타려는 거요. 상
하이나 나가사키에는 볼일이 없소."

뱃사람이 물었다.

"왜 꼭 그렇게 가시려는 겁니까? 샌프란시스코행 증기선은 요
코하마에서 출발하는 게 아니에요. 요코하마와 나가사키에 정
박은 하지만 출발은 상하이에서 하는 거라고요."

“그게 정말이오?”

“그럼요.”

“그럼 그 배가 언제 상하이를 출발하오?”

“11일 저녁 7시에 출발합니다. 아직 나흘 남았지요. 나흘이면 96시간 아닙니까? 상하이까지는 1,280킬로미터니까, 적어도 시속 12킬로미터 정도로만 달리면 가능합니다. 순풍이 불고 바다만 잠잠해 준다면 말이지요.”

“언제 출발할 수 있소?”

“1시간이면 됩니다. 식량과 연료를 좀 싣고 출항 준비를 해야 하니까요.”

“좋소이다, 그렇게 합시다. 당신이 배 주인이오?”

“그렇습니다. 탕카데르 호의 선주이자 선장이지요. 존 번스비라고 합니다.”

“선금을 좀 드릴까요?”

“그래 주면 감사하지요.”

“자, 이백 파운드요.”

그러고는 픽스를 돌아보며 물었다.

“혹시 우리와 동행할 생각이 있으면…….”

픽스가 얼른 대답했다.

“그렇지 않아도 부탁을 드리려던 참이었습니다.”

“좋습니다, 30분 뒤에 배에서 만납시다.”

아우다는 행방불명된 하인이 몹시 걱정스러웠다.

"하지만 파스파르투는 어쩌죠?"

포그는 대답했다.

"걱정 마세요. 어찌 되든 최선을 다할 겁니다."

픽스는 울화를 억누르며 배가 정박해 있는 쪽으로 갔고, 포그와 아우다는 홍콩 경찰서를 찾아갔다. 그곳에서 파스파르투의 생김새를 자세히 설명하고, 그가 유럽으로 돌아갈 경우 쓸 수 있도록 돈을 넉넉하게 맡겨 놓았다. 프랑스 영사관을 찾아가서도 똑같이 처리했다. 그런 다음 탕카데르 호로 향했다.

3시가 되었다. 탕카데르 호는 돛을 올릴 준비를 마친 상태였다. 배에는 존 번스비 말고 선원이 네 명 더 있었다. 다들 중국의 바다를 손바닥처럼 훤히 알고 있는 늠름하고 영리한 이들이었다. 번스비 선장은 마흔다섯 살쯤 되어 보이는 건장한 사내로, 눈매가 날카롭고 몸놀림이 민첩하면서도 안정감이 있어 누구에게나 믿음을 주었다.

포그와 아우다가 배에 올라타니, 픽스는 벌써 와 있었다. 그들은 배 아래쪽에 자리 잡은 선실로 들어갔다. 선실은 작은 편이었지만 그런대로 깔끔하고 안락해 보였다. 포그는 픽스에게 말했다.

"이보다 더 나은 방을 마련해 드리지 못해 죄송합니다."

픽스는 도둑에게 신세를 지는 입장이 되어 기분이 찜찜했다.

'도둑치고는 아주 깍듯한 편이군. 하지만 도둑은 도둑이지.'

3시 10분이 되자 돛이 활짝 펴졌다. 포그와 아우다는 혹시나 파스파르투가 나타나지는 않을까 하는 기대를 품고 갑판에 서서 마지막으로 부두 쪽을 바라보았다.

픽스는 몹시 불안했다. 그가 골탕을 먹였던 운 나쁜 프랑스 인이 당장이라도 나타날 것만 같았다. 그가 오면 자초지종을 설명하게 될 것이고, 그러다 보면 자신의 입장이 난처해질 것이 뻔했다. 하지만 파스파르투는 끝내 나타나지 않았다.

이윽고 탕카데르 호는 엄청난 속도를 내며 북쪽으로 내달리기 시작했다.

탕카데르 호는 아담한 쌍돛대가 달린 20톤급의 수로 안내선이었다. 모양이 날렵하고 돛이 많아 보기에도 속력이 빠를 것 같았지만, 그 정도 크기의 배로 1,200킬로미터를 항해한다는 건 무척 위험한 일이었다.

중국해는 늘 거친 편이지만, 1년 중 이맘때는 유난히 더 거칠었다. 돈을 일당으로 받기로 했으니, 선장의 입장에서 보면 요코하마로 가는 것이 확실히 큰돈을 벌 기회였다. 그러나 그 배로 상하이까지 가는 것만도 이미 엄청난 위험을 각오해야 하는 일이었다.

그날 저녁 무렵 탕카데르 호는 북쪽으로 뻗은 홍콩의 복잡하고 좁은 수로를 무사히 통과했다. 앞이 탁 트인 넓은 바다로 나오자 포그가 말했다.

"선장, 굳이 부탁하지 않아도 잘 알겠지만 최대한 빨리 가 주시오."

번스비 선장이 대답했다.

"저만 믿으십시오. 바람을 한껏 받도록 돛을 최대한 펼쳤으니까요."

"난 선장만 믿겠소."

포그는 자신이 마치 선원이나 되는 것처럼 두 다리로 똑바로 버티고 서서 거칠게 일렁이는 파도를 바라보았다. 아우다는 고물(배의 뒷부분—옮긴이)에 앉아 뱃전을 세차게 때리는 검푸른 물결을 바라보고 있었다. 자신의 앞날이 어떻게 펼쳐질지 생각하는 듯했다. 그녀의 머리 위로 하얀 돛들이 날개처럼 펄럭이고 있어, 배는 마치 하늘을 나는 거대한 새처럼 보였다.

밤이 되었다. 희미한 초승달이 수평선의 안개 속으로 사라지는 동시에, 동쪽에서 몰려온 구름이 하늘을 가리기 시작했다. 픽스는 뱃머리에 앉아 있었다. 그는 포그가 말이 없는 사람이라는 것을 알고 있었기에 줄곧 혼자 떨어져 지냈다. 그러나 사실 그보다는 포그에게 신세를 지고 있는 자신의 처지가 불편하여 굳이 말을 붙이고 싶지 않은 마음이 더 컸다.

픽스는 포그가 요코하마에 머물지 않고 곧장 샌프란시스코행

배를 탈 것이라고 확신했다. 미국은 땅덩이가 넓어 범죄자에게
는 더없이 안전한 곳이기 때문이었다. 포그의 계획은 너무나 분
명해 보였다.

보통 사람이라면 영국에서 곧장 미국으로 달아났을 것이다.
그러나 포그는 좀더 확실하게 도망치기 위해 지구의 4분의 3을
돌아가는 방법을 택했다. 그렇게 경찰을 따돌리고 안전하게 미
국에 도착하면, 훔친 돈을 펑펑 쓰며 마음 편하게 살아갈 것이
다. 생각할수록 픽스의 고민은 깊어 가기만 했다.

'그런데 미국에 도착하고 나면 나는 어쩌지? 추적을 포기해야
할까? 천만에! 당치도 않은 생각이다! 저 작자를 체포하기 위해
서라면 지구 끝까지라도 쫓아갈 테다. 그게 바로 내 의무니까.
어쨌든 한 가지는 운이 좋았잖아? 파스파르투가 이제 주인과 함
께 있지 못하니까. 그 녀석한테 전부 털어놓았으니, 절대로 주인
과 만나선 안 돼.'

포그도 파스파르투를 생각하고 있었다. 도대체 어디로 사라
져 버렸을까? 참으로 야릇한 일이었다. 하지만 어찌어찌해서 카
르나티크 호를 탔을지도 몰랐다. 아우다 역시 그럴 가능성이 있
다고 생각했다. 그녀는 충직하고 다정한 프랑스 인과 헤어지게
된 것이 못내 안타까웠다. 하지만 요코하마에서 만나게 될지도
모르는 일이었다. 그곳에 있다면 그를 찾아내기는 그리 어렵지
않을 것이었다.

다음 날인 11월 8일, 배가 항해한 거리는 이제 160킬로미터를 넘었다. 속도는 시속 13킬로미터에서 15킬로미터 정도였다. 순풍이 부는 데다 돛이 바람을 팽팽하게 받고 있어서 이 상태라면 제시간에 도착할 수 있을 듯했다. 탕카데르 호는 해안 쪽으로 바짝 붙어서 나아갔다.

포그와 아우다는 뱃멀미에 시달리지 않아 기분 좋은 식사를 할 수 있었다. 픽스는 포그에게서 함께 식사를 하자는 권유를 받고서 또다시 찜찜한 기분이 들었다. 그에게 자신의 뱃삯은 물론이고 식비까지 신세 지고 싶지는 않았다. 정말 분통이 터지는 노릇이었다. 그렇다고 식사를 거를 수도 없으니 더 화가 났다.

식사를 끝내자, 픽스는 아무래도 포그에게 뭔가 감사의 표시를 해야 할 것 같다는 생각이 들었다. 도둑에게 존댓말을 쓰고 싶지는 않았지만 최대한 정중하게 말했다.

"이 배에 태워 주신 것을 뭐라고 감사드려야 할지 모르겠습니다. 넉넉하게 드릴 수는 없습니다만, 제 몫의 비용은……."

"아니, 그런 말씀 마십시오."

"하지만 조금이라도……."

포그는 대화를 더 길게 이어 가지 않으려는 듯 단호하게 말을 막았다.

"아닙니다. 이건 다 제 여행 경비의 일부입니다. 당신이 있든 없든 어차피 치러야 할 몫이니 걱정 마십시오."

픽스는 마음이 상해 그날 온종일 한 마디도 하지 않았다.

항해는 아주 순조로웠다. 번스비 선장은 잔뜩 기대에 부풀어, 포그에게 제시간에 상하이에 도착할 것 같다고 몇 번이나 말했다. 선원들은 자기들이 받게 될 두둑한 보수를 생각하고 다들 열심히 일했다. 덕분에 그날 저녁 무렵에는 홍콩에서 320킬로미터 떨어진 곳까지 갈 수 있었다.

다음 날 새벽, 탕카데르 호가 포모사 섬(대만의 별칭. '아름다운 섬'이라는 뜻—옮긴이)과 중국 연안 사이로 들어가자 바다가 거칠어지기 시작했다. 배가 어찌나 요동을 치는지 몸을 제대로 가누기조차 힘들 정도였다. 날이 밝아 오자 바람은 더 거세졌고, 하늘이 온통 시커먼 구름으로 뒤덮였다.

번스비 선장은 걱정스런 눈으로 하늘을 올려다보았다. 그는 혼자서 뭐라고 중얼거리다가 포그에게 다가와 조심스레 말을 건넸다.

"솔직히 말씀드려도 될까요?"

"아무것도 숨길 필요 없소."

"아무래도 폭풍이 올 것 같습니다."

"남쪽이오, 북쪽이오?"

"남쪽에서 옵니다."

"그건 좋은 소식 아니오? 우리가 가는 방향이니, 어쨌든 순풍인 셈이잖소."

"그렇게 생각하신다면 더 드릴 말씀이 없군요."

번스비 선장의 말은 곧 눈앞의 현실이 되었다. 다른 계절이었다면 금세 잠잠해질 폭풍도 겨울이 가까워진 이맘때는 더없이 맹렬해지는 경우가 다반사였다. 선장은 돛을 하나만 남긴 채 다 내린 다음, 물이 새어 들지 않도록 모든 문과 틈새를 꼭꼭 막았다. 그들은 만반의 준비를 하고 폭풍을 기다렸다.

번스비 선장은 승객들에게 안전을 위해 선실에 내려가 있으라고 했다. 하지만 비좁고 탁한 선실에 갇혀 이리저리 흔들리는 것은 더욱 힘겨운 일이었다. 포그와 아우다, 그리고 픽스는 갑판을 떠나지 않겠다고 고집을 부렸다.

8시쯤 되자 비가 거세게 쏟아지면서 폭풍이 몰아쳤다. 돛을 하나밖에 올리지 않았는데도 배는 물 위에 떠 있는 장난감처럼 가볍게 밀렸다. 온종일 파도가 뱃전으로 사납게 들이쳤고, 배는 여러 차례 산더미 같은 파도에 휩쓸릴 뻔하였다. 그나마 파도와 같은 속도를 유지할 수 있어서 다행이었다.

저녁이 되자 바람이 방향을 바꾸어 북서쪽에서 불어오기 시작했다. 파도가 맹렬한 기세로 달려드는 바람에 배가 심하게 흔들렸다. 밤이 깊어질수록 폭풍은 점점 더 거세졌다. 어둠 속에서 견뎌 내야 하는 폭풍은 경험 많은 뱃사람에게도 보통 걱정스런 일이 아니었다. 번스비 선장이 포그에게 다가와 말했다.

"선생님, 아무래도 항구를 찾는 것이 좋겠습니다."

포그가 대꾸했다.

"동감이오."

"그러십니까? 그럼 어느 항구로 가죠?"

"나야 하나밖에 모르오."

"어느……."

"상하이."

선장은 이 대답에 담긴 뜻과 의지를 곧바로 이해하지 못하다가, 잠시 후에야 말뜻을 깨닫고 결연하게 말했다.

"좋습니다! 선생님 말씀이 맞아요. 상하이로 가야지요!"

그래서 탕카데르 호는 계속 북쪽으로 나아갔다. 하지만 속도는 훨씬 떨어졌다. 정말로 끔찍한 밤이었다. 배가 침몰하지 않는 것은 기적에 가까운 일이었다. 포그가 몰아치는 파도로부터 아우다를 보호하기 위해 몸을 던진 것이 한두 번이 아니었다.

마침내 동이 텄다. 폭풍은 여전히 맹렬했지만 바람은 남동풍으로 바뀌어 있었다. 그것은 좋은 징조였다. 탕카데르 호는 사납게 일렁이는 바다를 헤치고 거침없이 나아갔다. 때때로 중국 연안이 흐릿하게 보이기도 했지만 배는 한 척도 보이지 않았다. 오직 탕카데르 호만이 홀로 바다 위를 항해하고 있었다.

정오가 되자 바다는 잠잠해지기 시작했다. 그러다가 해가 기울 즈음에는 바람이 한결 수그러들었다. 승객들은 그제서야 얼마간의 음식을 먹고 휴식을 취할 수 있었다.

밤은 꽤 평온했다. 다시 돛을 낮게 올리자 배는 더욱 빠른 속도로 내달렸다. 이튿날 아침, 그러니까 11일 아침, 번스비 선장은 상하이까지 160킬로미터도 채 남지 않았다고 알렸다. 160킬로미터! 그러나 그 거리를 항해할 시간은 하루밖에 없었다. 요코하마행 증기선을 잡으려면 그날 저녁에는 상하이에 도착해야 했다. 폭풍을 만나지만 않았다면 지금쯤 상하이에서 50킬로미터도 떨어져 있지 않는 곳에 있을 것이다.

바람이 약해지는 동시에 바다도 차분히 가라앉았다. 이제 돛은 모두 팽팽하게 펼쳐져 있었다. 정오가 되자 탕카데르 호는 상하이에서 70킬로미터쯤 떨어진 곳에 와 있었다. 하지만 요코하마행 배를 타려면 6시간 안에 항구에 들어가야 했다. 아무리 생각해도 시간이 너무 모자랐다. 1시간에 적어도 5킬로미터는 가 주어야 하는데 바람이 계속 변덕을 부렸다.

그러나 배가 워낙 가볍고 날렵한 데다 돛들은 바람을 한껏 받아들였다. 그리하여 6시가 되자 번스비 선장은 배가 상하이 강입구까지 16킬로미터쯤 남은 것을 확인했다. 상하이는 강 하구에서 20킬로미터쯤 더 거슬러 올라간 곳에 있었다.

7시. 아직도 5킬로미터나 남아 있었다. 번스비 선장은 자기도 모르게 욕설을 내뱉었다. 이백 파운드가 눈앞에서 날아가는 순간이었다. 그는 포그를 바라보았다. 포그는 자신의 전 재산이 송두리째 날아갈 판인데도 더없이 태연했다.

그 순간 그들의 눈앞에 검은 연기를 뭉글뭉글 뿜어 대는 거대
한 물체가 나타났다. 정시에 상하이에서 출발한 미국의 증기선
이었다. 포그가 외쳤다.

"저 배에 신호를 보내시오!"

뱃머리에 조그만 대포 하나가 설치되어 있었다. 악천후 때 배
들끼리 신호를 보내기 위해 준비해 둔 것이었다. 선원들은 대포
에 화약을 채워 넣었다. 포그가 소리쳤다.

"발사!"

포성이 하늘을 울렸다.

제 7 장

빈털터리가 된 파스파르투

카르나티크 호는 11월 7일 저녁 6시 30분에 홍콩을 떠나 일본을 향해 전속력으로 나아가고 있었다. 배는 승객과 화물로 가득 찼으나, 선실 두 개는 비어 있었다. 포그의 이름으로 예약된 선실들이었다.

이튿날 아침, 갑판에 나온 사람들은 한 승객의 모습을 보고 깜짝 놀랐다. 지저분한 얼굴에 머리카락이 마구 헝클어지고 눈이 흐리멍덩하게 풀린 한 사내가 이등실에서 갑판으로 엉기적거리며 기어 올라오더니 의자에 털썩 주저앉았던 것이다. 파스파르투였다. 사연은 이러했다

픽스가 술집을 떠나자마자, 술집의 종업원 두 사람이 바닥에

쓰러진 채 곯아떨어진 파스파르투를 업어다 침상에 뉘어 주었다. 그러고 나서 3시간 뒤, 이 불쌍한 사내는 잠결에 꼭 해야 하는 일이 있다는 것을 기억해 내고는 잠에서 깨려고 안간힘을 썼다. 그는 머리를 무겁게 짓누르는 아편의 기운과 싸우면서 가까스로 몸을 일으켜, 손으로 벽을 짚고 비틀거리며 거리로 나왔다. 그러고는 잠이 덜 깬 목소리로 소리를 질렀다.

"카르나티크 호! 카르나티크 호!"

그는 어찌어찌하여 간신히 항구까지 찾아갔다. 카르나티크 호는 뱃고동을 울리며 출항을 알리고 있었다. 파스파르투는 배가 막 출발하려는 순간에 갑판으로 기어오른 뒤, 그냥 그대로 정신을 잃고 말았다.

선원들은 이런 일을 워낙 많이 보아 온 터라, 대수롭지 않게 여기고 그를 선실에 데려다 놓았다. 파스파르투는 이튿날 아침까지 세상모르고 잤다. 그가 깨어났을 때 카르나티크 호는 홍콩에서 240킬로미터 떨어진 바다 위에 있었다.

그러니까 파스파르투가 카르나티크 호의 갑판에 서 있게 된 것은 바로 이러한 연유 때문이었다. 상쾌한 바닷바람을 한껏 들이마시자 그는 비로소 정신이 들면서 전날 있었던 일들이 어렴풋이 떠오르기 시작했다. 낯선 풍경의 술집, 픽스가 하던 말, 기타 등등.

"엉망으로 취했었나 보군. 주인님이 뭐라고 하실까? 하지만 배는 놓치지 않고 탔으니까, 뭐. 그게 중요하지."

그러고 나서 갑자기 픽스 생각이 났다. 그는 다시 중얼거렸다.

"그 녀석을 이제 두 번 다시 볼 일은 없겠지? 그 따위 말을 하고서 감히 우리를 따라 배에 탈 생각은 못했을 테니까. 자기가 형사라고? 주인님이 은행에서 돈을 훔쳤다고? 참나!"

파스파르투는 그 이야기를 주인에게 해야 할지 말아야 할지 고민에 빠졌다.

'픽스란 놈이 어떤 작자인지 알려 드려야 하나? 런던에 도착할 때까지 기다렸다가, 그동안 어떤 형사 하나가 내내 주인님을 따라서 세계를 일주했다고 말하고 그냥 한바탕 웃어넘기는 편이 낫지 않을까? 그래, 그렇게 하는 게 좋겠어. 어쨌든 좀더 생각해 보지, 뭐. 우선은 주인님께 용서부터 빌자.'

파스파르투는 의자에서 일어났다. 파도가 높은 탓에 배가 심하게 흔들리고 있었다. 그는 비틀거리며 주인을 찾아다녔다. 하지만 포그와 아우다처럼 보이는 사람은 아무도 없었다. 그는 생각했다.

'그렇지, 아우다 부인은 아마 아직 안 일어났을 테고, 주인님은 누군가와 휘스트 게임을 하고 계실 거야.'

그는 휴게실로 내려갔다. 하지만 그곳에도 포그는 없었다. 그는 사무실을 찾아가 포그의 선실이 어디냐고 물어보았다. 승무원은 그런 이름을 가진 승객은 없다고 말했다. 파스파르투는 다시 한 번 물었다.

"실례지만, 분명히 배에 타셨을 겁니다."

그는 승무원에게 포그의 용모를 설명해 주었다. 젊은 숙녀가 동행하고 있다는 말도 덧붙였다.

"우리 배에는 그런 분이 없어요. 여기 승객 명단이 있으니, 직접 찾아보세요."

파스파르투는 명단을 살펴보았다. 두 눈에 힘을 주고 샅샅이 훑어 내렸지만 주인의 이름은 어디에도 없었다. 그때 한 가지 생각이 퍼뜩 머리를 스쳤다.

"세상에! 이 배가 카르나티크 호 맞나요?"

"맞습니다."

"요코하마로 가는?"

"그렇습니다."

파스파르투는 한순간 자기가 배를 잘못 탄 것이 아닌가 싶어 더럭 겁이 났던 것이다. 그러나 그 배가 카르나티크 호가 맞다면 주인이 그 배를 타지 않은 것이 분명했다. 모든 기억이 한꺼번에 되살아났다. 출항 시간이 바뀌었고, 그 사실을 주인에게 알렸어야 했는데 그러지 못했다. 그렇다면 포그와 아우다가 배를 못 타게 된 것은 그의 책임이었다.

'아, 내 탓이야……. 아니, 아니지! 주인님을 홍콩에 붙잡아 두려고 비열한 속임수를 쓰고 나한테 술을 먹인 그놈 탓이 더 커.

이제 주인님은 내기에서 진 것이나 다름없어……. 아마 지금쯤 체포돼서 감옥에 갇혔을지도 몰라…….'

프랑스 인은 이런 생각을 하면서 머리를 쥐어뜯었다.

'픽스란 놈, 잡기만 해 봐라. 내가 당한 수모를 톡톡히 갚아 줄 테니.'

파스파르투는 견딜 수 없이 괴로웠지만, 억지로 마음을 가라 앉히고 지금의 상황을 점검해 보기 시작했다. 별로 좋은 처지가 아니었다. 그는 지금 일본으로 가는 중이었다. 일본에 도착하면 어떻게 다시 영국으로 돌아갈 수 있을까? 주머니를 다 털어 보 아도 돈이라고 생긴 것은 한 푼도 없었다. 선실 요금과 식비를 미리 치러 놓은 것이 그나마 천만다행이었다. 앞으로 대엿새 동 안은 닥쳐올 미래에 대해 궁리할 여유가 있었다.

그 며칠 동안 그가 얼마나 먹고 마셔 댔는지를 여기에 일일이 다 기록하기는 어렵다. 그는 자신의 몫뿐만 아니라 주인과 아우 다의 몫까지 깨끗하게 먹어 치웠다. 일본이란 나라에는 먹을 것 이 전혀 없기라도 한 것처럼 마냥 먹어 댔다.

13일 아침, 카르나티크 호는 요코하마 항에 도착했다. 이곳은 태평양의 주요 항구 중 하나로, 세계 각국의 배들이 몰려드는 곳이었다. 파스파르투는 이 낯선 땅에 다소 주눅이 든 채 발을 내딛었다. 이제 우연에 몸을 맡기고 그저 발길 닿는 대로 돌아다녀 보는 수밖에 없었다.

처음에 간 곳은 유럽 인들이 모여 사는 지역이었다. 그곳 역시 홍콩의 거리처럼 세계 각지에서 온 사람들로 바글거렸다. 대부분이 뭔가를 사거나 팔려는 상인들이었다. 수많은 사람들 사이에서 파스파르투는 아프리카의 한복판에 홀로 버려진 것 같은 두려움을 느꼈다.

그가 당장이라도 할 수 있는 일이 한 가지 있기는 했다. 프랑스 영사관이나 영국 영사관을 찾아가는 것이었다. 하지만 그곳의 관리들에게 자신과 주인의 사연을 다 이야기해야 한다고 생각하니 아무래도 내키지 않았다. 그래서 그 방법은 다른 일이 뜻대로 되지 않았을 때로 미뤄 두자고 마음먹었다.

유럽풍의 거리를 지나자 이제는 일본인 구역이 나타났다. 그곳도 사람들로 북적거렸다. 칼을 두 자루씩 들고 다니는 관리들, 파란색 바탕에 흰색의 줄무늬가 들어간 군복을 입고 총을 든 군인들, 승려들, 그 밖의 다양한 사람들……. 거리 한쪽에서는 볼이 발그레하게 달아오른 아이들이 천진난만하게 뛰어놀고 있었다.

파스파르투는 몇 시간 동안 거리 곳곳을 돌아다니며 낯선 풍경들과 갖가지 진귀한 물건을 파는 상점들을 구경했다. 식당을 기웃거려 보기도 했지만 돈이 없으니 무슨 소용이 있겠는가. 그는 사람의 발길이 뜸한 곳을 찾아, 추위와 배고픔에 떨면서 자는 둥 마는 둥 하룻밤을 보냈다.

다음 날 아침, 파스파르투는 몹시 피곤하고 배가 고팠다. 무엇보다 당장 허기부터 달래지 않으면 안 되었다. 마지막 수단으로 은시계를 팔면 어떨까 하는 유혹을 느꼈지만, 그러느니 차라리 굶어 죽는 편이 낫다고 마음을 다잡았다.

그러다가 문득 이 기회에 자신의 목소리를 써먹을 수 있지 않을까 하는 생각이 들었다. 음악적 재질이야 어떨지 모르지만, 타고난 성량만은 누구에게도 뒤지지 않았다. 그는 알고 있는 프랑스 노래와 영국 노래로 한번 시도를 해 보기로 했다.

하지만 노래를 시작하기에는 너무 이른 시각이었다. 두어 시간쯤 더 기다리는 것이 나을 것 같았다. 그런데 길을 걸으며 생각해 보니, 거리의 가수치고는 자신의 옷차림이 너무 사치스러운 듯했다. 처지에 어울리는 헌 옷으로 바꿔 입을 필요가 있었다. 그러면 당장 끼니를 해결할 수 있는 돈도 몇 푼 생길지 몰랐다.

한참을 돌아다닌 끝에 파스파르투는 헌 옷 가게를 발견했다. 가게 주인은 그의 옷이 마음에 든 모양이었다. 잠시 뒤 파스파르투는 헌 일본 옷을 입고 가게에서 나왔다. 주머니에서 동전 몇 개가 기분 좋게 딸랑거렸다.

일본 사람으로 변신한 파스파르투는 곧바로 조그만 식당으로 들어가 배를 채웠다. 배가 부르자 길거리 가수를 하겠다는 생각은 사라지고 다른 조바심이 났다.

"더 이상 이렇게 꾸물거릴 순 없어. 되도록 빨리 이 나라를 뜨는 게 상책이야."

그는 미국으로 떠나는 배를 찾아보기로 했다. 요리사나 심부름꾼으로 일할 테니 태워 주기만 해 달라고 사정해 볼 생각이었다. 샌프란시스코에 도착하기만 하면 일단은 성공이었다. 그다음 일은 거기서 생각하자.

그는 당장 부두로 갔다. 하지만 부두가 가까워질수록 처음에는 간단하게 생각되던 계획이 점점 실행하기 어려운 일로 여겨지기 시작했다. 미국 배에 요리사나 심부름꾼이 왜 필요하겠어? 그리고 이런 차림새를 한 사람을 어떻게 여기겠는가? 증명서나 추천서 같은 것도 없는데…….

이런저런 생각으로 마음이 무거워지고 있을 때, 문득 어느 가설 극장 앞에 붙어 있는 커다란 광고판이 눈에 들어왔다. 광고판에는 영어로 이렇게 씌어 있었다.

윌리엄 배틸카의 일본 곡예단

긴 코쟁이 광대들이

미국으로 떠나기 전에 펼치는

마지막 공연!

놓치지 마시라!

“미국으로 간다고? 바로 이거야!”

그는 당장 극장 안으로 달려 들어가 배털카라는 사람을 찾았다. 잠시 뒤에 배털카가 나타났다. 그는 시큰둥한 표정으로 파스파르투를 바라보았다. 파스파르투를 가난뱅이 일본인쯤으로 본 모양이었다.

“무슨 일이오?”

“혹시 하인이 필요하지 않으십니까?”

남자가 소리쳤다.

“하인? 하인이라면 벌써 둘이나 두고 있소. 말 잘 듣고 힘 좋은 하인이지. 나한테 늘상 붙어 다니면서 일해 주는데, 나는 그저 먹여 주기만 하면 그만이오. 자, 여기 있잖소!”

그는 자신의 억센 두 팔을 흔들어 보였다.

“하인은 전혀 필요 없다는 말씀이시군요?”

“그렇소.”

“좋다 말았군요. 혹시나 잘 되면 미국까지 따라갈 수 있을까 했는데.”

“잠깐만! 당신 일본인이 아니잖소? 왜 그런 차림을 하고 있는 거요?”

“형편대로 입는 거죠.”

“그건 그렇소만. 프랑스 인이오?”

“예, 파리 토박이지요.”

“그럼 얼굴을 찡그릴 줄은 알겠군.”

파스파르투는 그 말이 마음에 들지 않아 이렇게 비꼬았다.

“프랑스 사람들도 인상이야 쓸 수 있지만, 미국 사람들 웃기는 인상에야 당하겠습니까?”

“맞는 말이군. 좋아, 댁을 고용하겠소. 하인이 아니라 광대로 말이오. 프랑스에서는 외국인을 광대로 쓰니, 여기서는 프랑스인을 광대로 쓰는 것도 재미있겠지. 힘은 좀 쓰오?”

“예.”

“노래는 부를 줄 아오?”

“물론이죠.”

“혹시 물구나무를 선 다음 오른쪽 발바닥 위에 칼을 올려놓고 왼발로는 팽이를 돌리면서 노래를 부를 수 있겠소?”

파스파르투는 젊었을 때 해 보았던 곡예 묘기를 생각하며 대답했다.

“아, 그럼요!”

“그러면 됐소.”

그리하여 파스파르투는 이 일본 곡예단의 광대가 되었다. 밥벌이를 하기에 썩 달가운 자리는 아니었지만, 일주일 뒤에는 미국으로 가고 있을 테니 그나마 다행스러운 일이라 여겼다.

그날 오후 3시, 공연장은 곡예사들의 묘기를 구경하러 온 사람들로 꽉 찼다. 공연 가운데 제일 재미있는 것은 '긴 코쟁이' 들이 보여 주는 묘기였다. 이들은 중세의 영웅들처럼 차려입고, 어깨에는 날개를 달았으며, 우습게도 코에 기다란 대나무 대롱을 붙이고 있었다.

이들이 보여 줄 묘기 가운데 가장 대단한 것은 인간 피라미드를 만드는 것이었다. 하지만 흔한 피라미드는 아니었다. 이 재주꾼들은 동료들의 어깨나 등을 밟고 올라서는 것이 아니라 대나무 코 위에 올라서기 때문이었다.

인간 피라미드에서 가장 중요한 위치는 맨 아래 줄에서도 가운데 자리였다. 그 자리가 위에 올라선 사람들의 무게를 대부분 지탱하고 있었다. 사실은 늘 그 자리를 맡았던 사람이 갑자기 그만두는 바람에 파스파르투가 그 자리를 대신하게 된 것이었다.

파스파르투는 알록달록한 무대 의상을 입고 얼굴에 긴 대나무 코를 달자 문득 서글픈 생각이 들었다. 젊은 시절의 슬픈 기억들이 떠올랐기 때문이다. 하지만 이 코가 그를 미국으로 데려다 줄 것이라고 생각하니 얼마간 기분이 풀렸다.

파스파르투는 무대로 올라간 후, 피라미드의 맨 아래 줄 동료들과 함께 바닥에 드러누워 대나무 코를 위로 들어 올렸다. 두 번째 무리가 나와 그 코 위에 올라섰다. 세 번째 무리들이 이들의 코 위에서 자리를 잡았고, 그다음에는 네 번째 무리가 올라섰다. 마침내 인간 피라미드는 공연장의 천장에 닿을 만큼 높이

솟았다.

관중들이 탄성을 터뜨리며 우레와 같은 박수를 보냈다. 그에 맞추어 흥겨운 음악이 울려 퍼졌다. 그런데 갑자기 인간 피라미드가 흔들리기 시작했다. 맨 아래쪽에 자리 잡고 있던 긴 코쟁이 하나가 느닷없이 빠져나가 버렸던 것이다. 순간 피라미드는 와르르 무너져 내렸다.

파스파르투 탓이었다. 그는 무대에서 뛰어내려 관람석에 있던 한 신사의 발치에 쓰러지며 소리쳤다.

"아이고, 주인님! 주인님!"

"아니, 자네?"

"예, 접니다!"

"일어나게! 당장 배로 가세나."

포그와 아우다, 그리고 파스파르투는 재빨리 밖으로 나왔다. 배털카가 고래고래 소리를 지르며 쫓아왔다. 그는 잔뜩 화가 나서, 피라미드를 무너뜨린 것에 대한 손해 배상을 요구했다. 포그는 돈뭉치 하나를 쥐어 주고 그를 달랬다.

6시 30분이었다. 샌프란시스코행 증기선이 막 출발하려는 순간, 포그와 아우다는 아슬아슬하게 배에 올라탔다. 그 뒤를 파스파르투가 따랐다. 얼굴에는 여전히 기다란 대나무 코를 붙인 채였다.

상하이에서 무슨 일이 있었는지는 독자 여러분도 어렵지 않게 짐작할 수 있을 것이다. 탕카데르 호가 보낸 신호를 요코하마행 증기선이 알아들었다. 그 배의 선장은 포성을 듣고 배를 돌렸다. 포그는 번스비 선장에게 약속했던 돈을 주었다. 얼마 후 포그와 아우다, 그리고 픽스는 증기선에 올라탔다.

11월 14일 아침, 증기선은 예정대로 요코하마에 도착했다. 픽스는 볼일이 있다며 사라졌고, 포그는 곧장 카르나티크 호를 찾아갔다. 거기에서 그는 파스파르투가 전날 요코하마에 내렸다는 소식을 듣게 되었다. 아우다가 그 말을 듣고 얼마나 기뻐했는지 모른다. 포그도 당연히 기뻤겠지만 내색하지는 않았다.

포그는 그날 저녁에 샌프란시스코행 배를 탈 계획이었기에, 곧바로 하인을 찾아 나섰다. 가장 먼저 프랑스 영사관과 영국 영사관을 찾아가 보았지만 헛수고였다. 별 다른 방법이 없어서 요코하마 거리를 무작정 이리저리 돌아다닐 수밖에 없었다. 그러다 찾을 수 있다는 희망을 포기하려는 순간, 우연히 배털카의 가설 극장을 발견했다.

포그가 거기에 들어간 것은 우연이었다. 아니, 필연이었는지도 모른다. 그는 얼굴에 긴 대나무 코를 붙이고 광대 분장을 한 하인을 알아보지 못했지만, 무대 바닥에 누워 있던 파스파르투는 금세 주인을 알아보았다. 그래서 너무 흥분한 나머지 몸을 움직이고 말았고, 그 순간 피라미드는 무너져 내렸던 것이다.

아우다는 파스파르투에게 그간의 모든 일을 들려주었다. 그리고 홍콩에서 요코하마까지 픽스와 동행하게 된 사연도 이야기해 주었다. 파스파르투는 픽스의 이름을 듣고 움찔 놀랐지만, 아무런 내색을 하지 않았다. 아직은 둘 사이의 일을 입 밖에 낼 때가 아니라고 생각했다. 그래서 그동안의 사정을 털어놓을 때에도 그저 홍콩의 술집에서 과음한 것이 탈이었다고만 말했다.

포그는 아무런 대꾸도 하지 않고 시종일관 무표정하게 이야기를 들었다. 그렇지만 파스파르투가 이야기를 마치자, 배 안에서 새 옷을 사 입으라며 넉넉한 돈을 챙겨 주었다. 1시간 뒤 나타난 파스파르투에게서는 긴 코쟁이 광대의 모습을 전혀 찾아볼 수 없었다.

포그 일행이 탄 제너럴 그랜트 호는 적재량이 무려 2,500톤에 달하는 거대한 증기선으로 시설도 좋고 속력도 아주 빨랐다. 보통 시속 30킬로미터로 항해하기 때문에 태평양을 횡단하는 데는 21일이면 충분했다.

포그는 이대로라면 12월 2일에는 샌프란시스코에, 12월 11일에는 뉴욕에, 20일에는 런던에 도착할 수 있으리라 예상했다. 그러면 운명의 날인 12월 21일에는 여유롭게 개혁 클럽으로 갈 수 있을 것이었다.

태평양을 횡단하는 동안 바다는 더없이 잠잠했고, 달리 특별한 일도 일어나지 않았다. 포그는 언제나처럼 말이 없고 침착했다. 아우다는 과묵하면서도 너그러운 그의 성품에 점점 더 큰 존경심을 품게 되었다. 아니, 사실 그 존경심은 어느새 다른 종류의 감정으로 변해 그녀를 사로잡고 있었다. 그러나 포그는 그것을 전혀 모르고 있는 듯했다.

아우다는 포그의 계획을 아주 흥미롭게 생각하면서, 여행을 망치는 일이 일어나지 않기를 진심으로 바랐다. 파스파르투는 아우다와 자주 이야기를 나누면서 포그를 향한 그녀의 감정을 눈치챘다. 그는 주인의 정직함과 친절한 품성을 입에 침이 마르도록 칭찬하였다. 그리고 중국이나 일본 같은 험난한 나라를 무사히 통과하여 이제 문명 세계로 돌아가고 있으니, 세계 일주는 성공한 것이나 마찬가지라고 장담하며 그녀의 불안을 가라앉혀 주었다.

요코하마를 떠난 지 9일째 되는 날, 포그는 정확히 지구의 반을 돌았다. 그동안 80일 가운데 벌써 52일을 써 버렸다. 그러나 태양의 궤도로만 측정하자면 이제 겨우 지구의 반을 돈 것이지만, 실제 여행 거리로 따지면 전체의 3분의 2 이상을 주파했다고 할 수 있다. 런던에서 봄베이, 봄베이에서 캘커타, 캘커타에서 싱가포르, 싱가포르에서 요코하마까지 얼마나 멀고 꼬불꼬불한 길을 돌았던가! 우리가 태양처럼 지구를 돈다면 런던에서 런던까지의 거리는 20,000킬로미터도 안 될 것이다. 그러나 여러 가지 교통 수단을 이용하면 전체 거리는 42,000킬로미터가 되는데, 그 가운데 포그는 28,000킬로미터를 여행한 셈이었다. 하지만 지금부터는 거의 직선 코스인 데다가 길을 방해할 픽스도 옆에 없었다.

또한 이날 11월 23일, 파스파르투는 대단히 기쁜 사실을 알게 되었다. 독자 여러분은 파스파르투가 런던 시간에 맞춰진 그의 시계 바늘을 한사코 돌려 놓으려 하지 않았던 일을 기억할 것이다. 그의 말에 따르자면, 그가 거쳐 온 모든 나라의 시계들은 죄다 엉터리였다. 그런데 오늘, 파스파르투가 시계 바늘을 앞으로든 뒤로든 한 번도 돌린 적이 없는데도, 배 안에 있는 시계와 정확하게 같은 시각을 가리키고 있었던 것이다. 그는 픽스가 옆에 없어서 자기 시계가 정확하다는 사실을 보여 주지 못하는 것이 몹시 안타까웠다.

"태양이 어떻고 자전이 어떻고 하면서 혼자 똑똑한 척하더니, 흥! 그런 자들 말대로라면 시간이라는 게 얼마나 웃기는 거겠어? 언젠가는 해가 내 시계를 따라오게 될 줄 알았다고!"

하지만 파스파르투의 시계가 하루를 24시간으로 표시하는 것이었다면(어떤 시계는 그렇게 되어 있다.) 그렇게까지 기뻐하지 못했을 것이다. 그럴 경우 그의 시계는 9시가 아니라 21시를 가리키고 있었을 테니까.

하지만 픽스가 이 문제를 조리있게 설명했다 하더라도, 파스파르투는 그것을 이해하지 못했거나 선뜻 받아들이지 않았을 것이다. 어쨌든 픽스가 그 순간 어딘가에서 나타난다면 파스파르투는 시계보다 먼저 해결하고 싶은 용건이 따로 있었다.

픽스는 그때 어디에 있었을까? 사실 그는 제너럴 그랜트 호에 타고 있었다. 픽스는 요코하마에 도착하자마자 곧장 영국 영사관으로 갔다. 영사관에서 그는 발부된 지 40일이나 지난 체포 영장을 받았다.

영장은 봄베이에서부터 내내 픽스를 따라왔고, 카르나티크호 편으로 홍콩에서 발송된 것이었다. 그러나 포그가 이미 영국법이 미치는 범위를 벗어나 버렸기 때문에, 영장은 아무런 쓸모가 없게 되었다. 픽스가 얼마나 실망했을지는 보지 않아도 눈에 선하다. 그는 가까스로 분을 삭이며 중얼거렸다.

"좋아! 여기서는 당장 쓸모없다 하더라도 영국에 가면 다시 쓸 수 있을 테니 기다려 보자. 놈이 아무래도 고향으로 돌아갈 모양이야. 두고 보자, 끝까지 따라갈 테다! 훔친 돈이 조금이라도 남아 있기만을 바라야지. 여행비에 이런저런 사례금, 보석금에 코끼리 값까지……. 모르긴 몰라도 벌써 오천 파운드 넘게 길바닥에 뿌리고 다녔을 거야. 영국은행에 돈이 많았기에 그나마 다행이지."

그는 이렇게 마음을 다져 먹고 제너럴 그랜트 호로 갔다. 포그와 아우다가 배에 올랐을 때 그는 이미 승선해 있었다. 그는 괴상한 옷차림에 기다란 대나무 코를 단 파스파르투가 그들을 뒤

따라 배에 오르는 것을 보고 깜짝 놀라 선실로 숨었다. 다행히
도 승객들이 북적거려서 들킬 염려는 없을 것 같았다. 그런데
오늘 갑판에서 파스파르투와 맞닥뜨리고 말았다.

파스파르투는 눈이 휘둥그레지더니, 순식간에 달려들어 다짜
고짜 픽스를 두들겨 패기 시작했다. 이 소동은 주변에 모여 있
던 미국인들에게 재미있는 구경거리가 되었다. 한바탕 신나게
때리고 나니 파스파르투는 분이 좀 풀리는 것 같았다. 마음이
한결 차분해졌다. 엉망이 된 픽스는 느릿느릿 일어나 차가운 말
투로 물었다.

"다 끝났소?"

"그렇소, 우선은."

"그럼 저쪽으로 가서 얘기 좀 합시다."

"얘기를 하자고? 당신하고 내가……."

"주인이 걱정되지 않소?"

파스파르투는 픽스의 침착한 태도에 당황하여 조용히 그를
따라갔다. 두 사람은 갑판에 나란히 앉았다.

픽스가 입을 열었다.

"당신한테 정신없이 맞았지만, 그건 아무래도 좋소. 그럴 줄
알았으니까. 잘 들으시오. 지금까지 나는 당신 주인의 적이었지
만, 이제부터는 한편이오."

"아, 그러니까 이제야 당신도 우리 주인님이 결백하다는 걸 믿

는 거로군?”

픽스는 쌀쌀하게 대꾸했다.

“아니, 난 여전히 그가 범인이라고 믿고 있소. 포그 씨가 영국령에 있는 동안 체포 영장이 도착하는 대로 체포하려고 했지. 그래서 그를 붙잡아 두려고 별별 수를 다 썼소. 봄베이에서는 승려들한테 포그 씨를 고발하라고 부추겼고, 홍콩에서는 당신한테 술을 먹였지. 포그 씨가 요코하마행 배를 타지 못하게 하려고 말이오.”

파스파르투는 여차하면 픽스에게 다시 달려들 태세를 갖추고 귀를 기울였다. 픽스는 말을 이었다.

“이제 포그 씨는 영국으로 돌아가려는 것 같소. 나도 따라갈 거요. 여태까지는 포그 씨의 여행을 방해하려고 애를 썼지만, 지금부터는 여행을 무사히 마칠 수 있도록 도와줄 참이오. 계획을 바꾸었단 말이지. 그게 나한테 이익이 되니까……. 덧붙여 말하자면 이건 당신한테도 이로울 거요. 당신도 영국에 가야 주인이 정직한 사람인지 범죄자인지 알게 될 테니까.”

픽스의 말을 듣고 나니, 파스파르투는 그가 더는 계략을 쓰지 않을 것 같다는 확신이 들었다. 픽스가 물었다.

“이제 우리, 친구가 되는 거요?”

“친구는 무슨 친구? 그저 서로 돕는 관계지. 하지만 당신이 또 나나 주인님한테 무슨 수작을 부리는 기미가 보이면, 그땐 정말 당신의 목을 비틀어 버릴 테니 그리 아시오.”

픽스는 침착하게 동의했다.

“좋소이다.”

제 8 장

전속력으로!

12월 3일, 제너럴 그랜트 호는 샌프란시스코에 도착했다. 포그의 세계 일주는 계획한 날짜에서 하루도 어긋남이 없이 정확하게 진행되고 있었다. 아침 7시, 포그는 배에서 내리자마자 뉴욕행 기차가 몇 시에 출발하는지 알아보았다. 그날 저녁 6시에 기차가 있었다. 저녁때까지는 샌프란시스코를 구경해 볼 여유가 있는 셈이었다. 포그 일행은 마차를 불러 타고 호텔로 향했다.

호텔에서 배불리 식사를 마친 후, 포그와 아우다는 여권에 사증을 받기 위해 영국 영사관으로 갔다. 볼일을 끝내고 영사관에서 나오자, 기다리고 있던 파스파르투가 물었다.

"기차를 타고 대륙을 횡단하는 게 보통 위험한 일이 아니라던데, 혹시 모르니까 권총 몇 자루를 구입해 두는 게 어떨까요? 인디언이나 열차 강도가 습격할지도 모르잖아요."

포그는 쓸데없는 걱정이라고 하면서도, 불안하다면 구입해도 좋다고 허락했다. 파스파르투와 헤어지고 난 후 얼마 못 가서 포그는 픽스와 맞닥뜨렸다. 픽스는 뜻밖의 만남에 깜짝 놀라는 척했다.

"이거 참 신기하군요! 이렇게 만나 뵙다니. 같은 배를 타고 태평양을 건넌 모양인데, 어째서 배에서는 한 번도 뵙지 못했을까요? 어쨌든 큰 신세를 졌는데 이렇게 다시 만나게 되어 정말 반갑습니다. 나도 사정이 생겨서 다시 유럽으로 돌아가게 되었거든요. 함께 여행을 계속할 수 있다면 더없이 기쁠 것 같습니다."

포그는 자기가 더 영광이라고 말을 받았다. 픽스는 포그에게 시내 구경을 같이하면 안 되겠느냐고 물었다. 자기가 뒤쫓는 사람을 가까이에 두고 있어야 마음이 놓일 것 같아서였다. 포그는 물론 좋다고 했다.

그리하여 포그와 아우다, 그리고 픽스는 함께 거리를 걸었다. 잠시 후, 그들은 수많은 인파가 모여 있는 몽고메리 가를 지나게 되었다. 인도와 차도는 물론이고 가게와 주택가, 심지어는 지붕 위까지도 사람들이 꽉 들어차 있었다. 무슨 일인지 사람들이 몹시 흥분한 상태였다. 크고 작은 깃발들이 바람에 휘날리는 가운데, 사방에서 고함 소리가 들려왔다.

"캐머필드 만세!"

"맨디보이 만세!"

픽스가 포그를 돌아보며 말했다.

"선거를 치르나 보군요. 아무래도 사람들 틈에 끼지 않는 게 좋을 것 같습니다. 괜히 다칠지도 모르니까요."

"그게 좋겠군요."

픽스는 미국 땅에서 포그에게 무슨 일이라도 일어날까 봐 몹시 걱정하고 있었다. 이제는 포그를 잘 보살펴서 나쁜 일이 생기지 않도록 하는 것이 그에게 이익이었다.

포그와 아우다, 픽스는 얼른 거리의 위쪽으로 나 있는 돌계단 위로 올라갔다. 거기서는 집회장의 모습이 한눈에 내려다보였다. 군중들이 끝도 없이 모여들고 있었다. 어느 순간 분위기가 몹시 격렬해지는가 싶더니, 사람들이 함성을 지르며 이리저리 내달렸다. 픽스가 아무나 붙잡고 무슨 일이냐고 물어보려는 찰나, 한쪽에서는 한바탕 난투극이 벌어지기 시작했다. 사람들은 돌멩이와 병, 신발 등을 닥치는 대로 내던지며 몽둥이를 마구 휘둘러 댔다. 어느새 돌계단의 아래쪽까지 사람들이 밀려들었다.

픽스가 말했다.

"자리를 뜨는 게 좋겠습니다."

"설마 우리한테 해코지를 하겠습니까? 우리야 영국 사람이니……."

포그가 미처 말을 끝내기도 전에 뒤에서 또 한 무리의 사람들이 고함을 지르며 몰려들었다. 포그 일행은 두 무리 사이에 끼이고 말았다. 분위기는 점점 험악해졌고, 빠져나가기에는 너무 늦었다. 포그와 픽스는 사방에서 거칠게 떠밀리면서도 아우다를 보호하느라고 애를 썼다. 포그는 언제나처럼 침착함을 잃지 않고 방어하고 있었다.

그런데 갑자기 시뻘건 얼굴에 붉은 수염이 덥수룩하고, 곰같이 거대한 몸집을 가진 남자가 포그를 향해 억센 주먹을 들어올렸다. 픽스가 재빨리 몸을 던져 막지 않았다면 포그는 그 주먹에 맞아 어딘가 크게 으스러지고 말았을 것이다. 포그는 자신을 공격하려 한 사내에게 경멸의 눈길을 보내며 쏘아붙였다.

"이 멍청한 미국 놈!"

사내가 응수했다.

"이 멍청한 영국 놈이!"

"나중에 다시 만나자!"

"언제든 좋지! 당신 이름이 뭐야?"

"필리어스 포그. 당신은?"

"스탬프 프록터 대령이다."

그때 군중의 물결이 서서히 움직이기 시작했다. 픽스는 천천히 몸을 일으켰다. 옷이 찢어지긴 했지만 크게 다친 곳은 없었다. 인파 속을 빠져나오자 포그가 픽스에게 말했다.

"고맙소."

"고마워하실 것 없습니다. 대신 함께 어디 좀 가시지요."

"어디를 말입니까?"

"옷을 사서 갈아입어야 하지 않겠습니까?"

사실 그래야만 했다. 두 사람의 옷은 마치 서로 주먹질을 주고받은 것처럼 너덜너덜해져 있었다. 1시간 후 그들은 새 모자와 옷을 갖춰 입고 호텔로 돌아왔다.

파스파르투는 총포상에서 사 온 총 여섯 자루로 무장한 채 주인을 기다리고 있었다. 주인 옆에 서 있는 픽스를 보고 바짝 긴장을 했지만, 아우다한테서 그사이에 무슨 일이 있었는지 전해 듣고는 이내 마음을 놓았다. 픽스가 약속을 잘 지키고 있는 것이 분명해 보였으므로, 적으로 대할 필요가 없었던 것이다.

저녁 식사를 마친 후, 역으로 가기 위해 마차를 타면서 포그가 픽스에게 물었다.

"아까 그 스탬프 프록터라는 사람을 혹시 다시 봤소?"

"아니요."

"일단 영국에 갔다가 미국으로 다시 돌아와 그를 찾아야겠습니다. 영국 신사를 이런 식으로 대접하는 건 옳지 않아요."

픽스는 빙긋 미소만 지을 뿐 아무 말도 하지 않았다.

5시 45분에 포그 일행은 역에 도착했다. 샌프란시스코에서 뉴욕까지는 대략 6,000킬로미터쯤 되었다. 옛날 같으면 뉴욕까지 못해도 여섯 달은 걸렸지만, 이제는 일주일이면 충분했다. 포그는 12월 11일에 뉴욕에 도착해 리버풀로 떠나는 증기선을 탈 예정이었다.

오후 6시, 드디어 기차가 출발했다. 짙은 구름이 하늘을 뒤덮고 있어서 그런지 몹시 어둑어둑했다. 금방이라도 눈이 쏟아질 듯한 기세였다. 기차는 고작 시속 30킬로미터로 달리는 데다 도중에 정차하는 역이 많아 그다지 빠르지 않았다. 하지만 제시간에 미국을 횡단할 수 있을 정도는 되었다.

일행은 거의 말이 없었다. 파스파르투는 픽스 옆에 앉아 있었지만 말을 건네지는 않았다. 두 사람 사이에는 몹시 냉랭하게 찬바람이 돌았다. 하기야 지난 일들을 돌아보면 충분히 그럴 만했다.

8시가 되자 승무원들은 취침 시간임을 알렸다. 몇 분 후, 침대차를 겸하고 있는 이 객차는 안락한 침실로 바뀌었다. 창밖의 풍경이 보이지 않기 때문에 자는 것 외에는 달리 할 일이 없었다. 승객들이 잠을 청하는 동안 기차는 연기를 내뿜으며 캘리포니아 주를 가로질러, 자정쯤에는 새크라멘토를 통과했다. 샌프란시스코부터 6시간 동안 줄곧 평지를 달려온 기차는 이제 네바다 주의 산맥을 오르기 시작했다.

아침 8시쯤 승객들이 하나 둘 잠에서 깨어나자, 침실은 다시 일반 객차로 바뀌었다. 승객들은 창밖을 내다보며 아름다운 산

악 지방의 풍경을 감상했다. 이 구간에는 터널이나 철교가 거의 없었다. 기차는 자연 그대로의 길을 따라, 산허리를 끼고 돌거나 좁은 골짜기를 내달렸다.

기차가 리노에서 20분간 정차하는 동안 승객들은 점심 식사를 한 후, 12시쯤 다시 출발했다. 창밖으로 이따금 들소들이 떼를 지어 가는 모습이 보이곤 했다. 들소 떼가 수천 마리씩 철로를 건널 때면 기차는 다 지나갈 때까지 멈춰 서서 기다리는 수밖에 없었다. 그런데 실제로 그런 일이 벌어졌다.

오후 3시쯤 만 마리는 족히 넘어 보이는 들소 떼의 물결이 느릿느릿 철로를 건너고 있었다. 들소 떼의 방향을 돌린다거나 그 빽빽한 무리 사이를 뚫고 지나간다는 것은 불가능해 보였다. 들소가 다 지나가기를 기다리는 것이 최선의 방법이었다.

승객들은 모두 승강구로 나와 당황스런 눈빛으로 이 낯선 광경을 바라보았다. 그러나 가장 갈 길이 바쁜 포그는 차분히 자리에 앉아 기차가 출발하기를 기다렸다. 시간이 지체되자 파스파르투는 분통이 터지는지 안절부절못했다. 그는 소리를 버럭 질렀다.

"무슨 이런 나라가 있담! 짐승들이 기차를 가로막는데도 그냥 두고 보는 사람들이 세상에 어디 있어! 주인님이 여행 계획을 세우실 때 이런 일을 예상이나 하셨는지 모르겠군. 젠장, 겁쟁이 기관사 같으니! 저 괘씸한 놈들을 뚫고 지나갈 엄두도 못 내고 있잖아!"

기관사는 그런 엄두를 낼 만큼 바보가 아니었다. 그런 시도를 해 봤자 헛일이라는 것을 너무나 잘 알고 있었던 까닭이다. 물론 처음에야 몇 마리 정도 깔아뭉갤 수 있겠지만, 그다음이 문제였다. 금세 기차는 들소 떼에 막혀 멈출 수밖에 없을 것이고, 잘못하다간 탈선하게 될지도 몰랐다.

들소 떼가 철로를 다 지나는 데는 꼬박 3시간이나 걸렸다. 기차가 다시 출발할 즈음에는 사방에 어둠이 내리고 있었다. 기차는 훔볼트 산맥을 넘고 유타 주를 지난 다음, 워새치 산맥을 넘어 와이오밍 주로 들어섰다. 그러고는 12월 7일 그린리버 역에서 15분간 휴식을 취했다. 밤새 눈이 많이 내렸지만 비가 섞여 있어서 운행에는 별 문제가 없었다. 그래도 파스파르투는 궂은 날씨가 불안했다.

"이런 한겨울에 여행을 나서다니, 주인님도 참…… 날씨가 따뜻해질 때까지 기다렸다면 내기를 하더라도 승산이 더 높았을 텐데 말이야."

파스파르투가 날씨 걱정에 빠져 있는 동안, 아우다는 그보다 훨씬 심각한 문제로 불안에 떨고 있었다. 기차가 역에 멈추자 승객들 중 몇몇이 밖으로 나갔는데, 마침 창문 밖을 내다보던 아우다가 그 틈에서 스탬프 프록터 대령을 발견한 것이었다. 샌프랜시스코의 선거판에서 난폭하게 시비를 걸었던 바로 그 사내였다.

아우다는 냉정하게 굴기는 해도 한결같이 헌신적인 태도를 보이는 포그에게 자신도 모르게 깊은 애정을 키우고 있었다. 그래서 그 거친 사내를 발견했을 때, 혹시라도 포그에게 무슨 일이 생기지는 않을까 싶어 가슴이 쿵쾅거렸다. 프록터 대령이 이 기차에 탄 것은 순전히 우연이겠지만, 마주쳐서 좋을 일은 하나도 없을 듯했다.

'포그 씨가 저 사람과 마주쳐선 안 돼.'

잠시 후 기차가 다시 출발했다. 포그가 잠깐 잠이 든 사이, 아우다는 픽스와 파스파르투에게 자기가 누구를 보았는지 말해주었다. 픽스가 먼저 깜짝 놀라 소리쳤다.

"그놈이 이 기차를 탔단 말입니까? 걱정하지 마세요. 이건 포그 씨보다도 내가 먼저 해결할 문제입니다. 따지고 보면 가장 크게 모욕을 당한 사람은 바로 나니까요."

파스파르투도 덧붙였다.

"저도 그 작자한테 볼일이 있어요."

아우다가 말했다.

"픽스 씨, 포그 씨는 다른 누구도 이 일에 끼어들지 못하게 하실 거예요. 그 사람 때문에 다시 미국에 오겠다고 하실 정도였잖아요. 포그 씨가 그 사람을 만나게 되면 결투를 벌이려 할 거예요. 그러면 끔찍한 결과를 낳게 될지도 모르지요. 절대로 두 사람이 마주치게 해선 안 돼요."

픽스도 동의했다.

"맞습니다. 싸움이 벌어지면 일을 다 망칠 수도 있어요. 이기 든 지든 포그 씨는 시간을 낭비하게 될 테고, 그러면……."

파스파르투가 말을 이었다.

"그러면 개혁 클럽 양반들만 좋아라 하겠죠. 나흘이면 뉴욕에 도착해요! 나흘 동안만 주인님이 객실에서 나가지 않으시면 그 놈하고 마주칠 일도 없을 텐데……."

이때 포그가 잠에서 깨는 바람에 대화는 중단되고 말았다. 나 중에 파스파르투는 아주 작은 목소리로 픽스에게 물었다.

"정말 우리 주인님 대신 싸울 생각이오?"

"포그 씨를 산 채로 유럽에 데려가야 하니까 무슨 일이든 할 거요."

포그가 프록터 대령과 마주치지 못하도록 객실에 붙들어 둘 만한 방법이 과연 있었을까? 그건 그렇게 어려운 일이 아닐지도 몰랐다. 픽스는 포그가 여기저기 돌아다니는 것을 좋아하지 않 는다는 사실을 떠올리고, 그에게 은근슬쩍 말을 건넸다.

"계속 기차 안에만 있어서 그런지 시간이 아주 더디 가는 것 같습니다."

"그렇군요, 하지만 어디라고 시간이 더 빨리 가겠습니까?"

"배에서는 휘스트 게임을 즐기시더니요?"

"그랬지요, 하지만 여기서는 아무래도 어렵습니다. 카드도 없고 같이 게임을 할 사람도 없으니……."

"아니오, 카드는 쉽게 구할 수 있을 겁니다. 미국 기차에서는 뭐든지 다 파니까요. 게임 상대라면, 혹시 아우다 부인이 카드를 할 줄 아시면……."

아우다가 흔쾌히 대답했다.

"아, 좋아요. 영국식 교육을 받을 때 휘스트 게임을 좀 배웠거든요."

픽스가 말했다.

"나도 그 게임을 좀 하는 편입니다. 그럼 파스파르투 씨를 덤으로 끼워서……."

포그는 기차에서도 휘스트 게임을 할 수 있다는 사실에 기분이 좋아져 경쾌하게 대답했다.

"좋습니다."

그들은 파스파르투를 시켜 카드를 구해 오도록 했다. 파스파르투는 금세 게임에 필요한 모든 것을 빠짐없이 구해 왔다. 탁자를 들여온 다음, 그 위에 초록색 천을 깔고 게임을 시작했다. 뜻밖에도 아우다가 휘스트 게임을 상당히 잘해서, 포그는 칭찬의 말을 아끼지 않았다. 픽스의 실력 역시 수준급이었다. 게임에 열중한 주인의 모습에 파스파르투는 일단 마음을 놓았다.

'이제야 한시름 놓겠군. 주인님은 한동안 꼼짝도 하지 않을

거야.'

  오전 11시, 밤새 내리던 눈이 그쳤다. 쌓인 눈으로 온 세상이 하얗게 변했다. 날씨는 더욱 차가워진 듯했다. 기차는 어느새 로키 산맥을 지나는 철로 중에서 가장 높은 지대에 올라와 있었다. 그곳은 해발 2,250미터에 자리 잡은 브리저 고개였다. 거기서 320킬로미터쯤 더 달리면 대서양까지 이어지는 드넓은 평원을 만나게 될 것이었다. 그러면 미국을 횡단하는 기차 여행에서 가장 어렵고 위험한 지역은 벗어나는 셈이었다.

  배불리 식사를 한 포그 일행은 다시 휘스트 게임을 시작했다. 그런데 얼마 지나지 않아 기차가 요란한 기적 소리를 내면서 점점 속도를 줄이더니, 결국 완전히 멈춰 서고 말았다. 파스파르투가 무슨 일인지 알아보려고 창밖으로 고개를 내밀었다. 그러나 왜 기차가 멈췄는지는 알 수가 없었다. 주변에 역이 있는 것도 아니었다.

  아우다와 픽스는 포그가 객실 밖으로 나가 보겠다고 할까 봐 마음을 졸였다. 그러나 포그는 게임을 중단하고 싶지 않았는지, 카드에서 눈을 떼지 않은 채 파스파르투에게 무슨 일인지 알아보라고 시키기만 했다. 파스파르투는 얼른 기차 밖으로 나갔다. 사십여 명의 승객들이 이미 나와 있었는데, 그 가운데에는 프록터 대령도 있었다.

기차는 정지를 알리는 붉은 깃발 앞에 멈춰 서 있었다. 기관사와 차장이 한 남자와 심각한 표정으로 이야기를 나누고 있었다. 그 사람은 다음 정거장인 메드신보 역장이 보낸 철로 감시원이었다. 승객 몇 명이 다가가 대화에 끼어들었다. 프록터 대령의 걸걸한 목소리도 들렸다.

철로 감시원이 단호하게 말했다.

"안 됩니다, 지나갈 수 없어요! 메드신보 다리는 지금 아주 위험해요. 기차의 무게를 견디지 못할 겁니다."

그가 말하는 다리는 1.6킬로미터쯤 떨어진 곳에 있는 것으로, 수심이 꽤 깊은 강 위에 놓여 있었다. 철로 감시원의 말은 사실이었다. 다리는 그때 붕괴될 위험에 처해 있었다.

파스파르투는 상황이 어떻게 돌아가는지 단번에 알아차렸다. 하지만 주인에게 그 사실을 알릴 엄두를 내지 못하고, 그 자리에 돌처럼 멍하니 서 있었다. 프록터 대령의 목소리가 들렸다.

"설마 이 눈 속에서 마냥 기다리라는 말이오?"

차장이 말했다.

"대령님, 오마하 역에 전보를 쳐서 메드신보 역까지 다른 기차를 보내 달라고 했습니다. 승객들이 갈아탈 기차 말입니다. 문제는 6시간쯤 걸린다는 건데……."

파스파르투가 소리쳤다.

"6시간이라고!"

차장이 대답했다.

"그렇습니다. 여기서 메드신보 역까지 걸어가는 데만도 그만큼의 시간이 걸릴 거예요."

승객들이 일제히 소리쳤다.

"걸어간다고?"

누군가가 물었다.

"도대체 역이 여기서 얼마나 먼 거요?"

"직선 거리로는 여기서 1.6킬로미터 정도밖에 되지 않지만, 역이 강 건너편에 있어요. 강을 안전하게 건널 수 있는 곳까지 가야 하니까, 못해도 24킬로미터는 걸어가야 할 겁니다."

프록터 대령은 분통을 터뜨렸다.

"이런 눈밭을 헤치고 24킬로미터나 걸어야 한다고!"

그는 철도 회사와 직원들을 한꺼번에 싸잡아 온갖 욕설을 퍼부어 대기 시작했다. 파스파르투 역시 화가 치밀어 덩달아 욕을 퍼붓고 싶었다. 하지만 그런다고 해결될 문제가 아니었다. 이것은 가방에 남아 있는 주인의 돈을 다 내놓는다 해도 해결할 수 없을 만큼 심각한 문제였다.

낙담한 승객들은 불같이 화를 냈다. 연착되는 것도 화가 나는데, 궂은 날씨에 24킬로미터나 걸어야 한다니 그럴 만도 했다. 모두들 거칠게 소리를 지르고 항의를 했다. 포그가 휘스트 게임에 몰두하고 있지 않았더라면 무슨 일이 벌어졌는지 벌써 알아차렸을 것이다.

파스파르투는 주인에게 상황을 알릴 수밖에 없다고 생각하고 힘없이 발걸음을 옮겼다. 그때 기관사가 소리를 질렀다.

"여러분, 강을 건널 방법이 하나 있기는 합니다!"

누군가가 물었다.

"다리로?"

"네, 다리로요."

"기차로 말이오?"

"기차를 타고 말입니다."

파스파르투는 걸음을 멈추고 귀를 기울였다.

차장이 말했다.

"하지만 다리가 안전하지 않다잖소?"

"기차를 전속력으로 몰면 무사히 건널 수 있을 겁니다."

파스파르투는 혼자서 중얼거렸다.

"대체 이게 무슨 미친 짓이야!"

하지만 승객들은 모두 기관사의 생각을 그럴듯하게 여기는 것 같았다. 프록터 대령이 가장 적극적으로 나서서 거들었다.

"일리 있는 얘기야! 왜, 요즘은 다리 없는 강도 건널 수 있는 초고속 기차를 설계하는 사람도 있다 하지 않소!"

결국 승객들은 기관사의 제안을 받아들였다. 파스파르투는 이 상황이 너무나 어처구니가 없었다. 강을 건너기 위해서라면 무슨 짓이라도 할 각오가 되어 있지만, 이 제안은 아무래도 너무 '미국적'인 것처럼 여겨졌다. 그는 생각했다.

'더 간단한 방법도 있는데 사람들은 왜 그런 생각을 하지 않는 걸까?'

파스파르투는 승객 한 명에게 말을 걸었다.

"저기, 제 생각에는 이 계획이 좀 위험해 보이는데…….'

그 사람이 대답했다.

"더 얘기할 게 뭐 있겠소? 기관사가 강을 건널 수 있다잖아요. 그러면 된 거지."

"물론 강을 건널 수야 있겠지요. 다만 조금 덜 위험한…….'

프록터 대령이 우연히 그 말을 듣고 버럭 소리를 질렀다.

"무슨 말이오? 위험하다니! 정말 말귀가 어둡구먼. 전속력으로 간다니까! 전속력으로!"

파스파르투는 하려던 말을 마저 끝내고 싶었다.

"네, 잘 압니다. 하지만 더 신중하게…….'

그러자 사방에서 사람들이 한꺼번에 소리쳤다.

"뭐라고요? 그게 뭐요? 도대체 뭘 어쩌겠다는 거야?"

프록터 대령이 말했다.

"겁이 나는 모양이군."

파스파르투는 발끈해서 소리를 질렀다.

"내가 겁을 낸다고? 좋아, 프랑스 인도 미국인 못지 않다는 걸 보여 드리지!"

차장이 큰 소리로 외쳤다.

"모두 승차해 주세요! 승차! 이제 자리에 앉으세요!"

파스파르투는 투덜거렸다.

"알았어요, 알았어. 하지만 아무리 생각해도 난 사람들이 먼저 걸어서 다리를 건너고, 그다음에 기차가 건너는 것이 더 안전할 거라고 생각해요!"

하지만 그 누구도 이 현명한 충고에 귀를 기울이지 않았다. 설사 들었다고 해도 찬성하는 사람은 아무도 없었을 것이다.

승객들은 모두 자기 자리로 돌아갔다. 파스파르투도 자리로 돌아왔지만 밖에서 일어난 일에 대해서는 아무 말도 하지 않았다. 포그와 아우다와 픽스는 카드 패에만 정신이 팔려 있었다.

기차는 1.5킬로미터쯤 후진했다. 마치 육상 선수가 속도를 내기 위해 뒤로 살짝 물러서는 것처럼. 그러고는 다시 앞으로 움직이더니 점점 더 속도를 내기 시작했다. 기차는 마침내 무서운 굉음을 내며 시속 150킬로미터쯤으로 내달리더니 어느 순간 나는 듯이 다리 위를 지났다!

아무도 다리를 본 사람이 없었다. 기차는 그냥 강 이쪽에서 저쪽으로 건너뛰어 버린 것 같았다. 기차는 메드신보 역을 8킬로미터나 지나쳐서야 겨우 멈춰 섰다. 그리고 기차가 강을 건너자마자, 다리는 요란한 소리를 내며 무너져 내리고 말았다.

제 9 장

예상치 못한 사건들

다음 날도 포그 일행은 여전히 휘스트 게임에 열중해 있었다. 누구도 여행이 지루하다고 불평하지 않았다. 픽스와 아우다 역시 포그 못지 않게 게임에 빠져 있었던 것이다. 마침 포그에게 아주 좋은 패들이 잔뜩 들어와서 그중에 한 장을 막 내놓으려는 참이었다. 갑자기 등 뒤에서 걸걸한 목소리가 들려왔다.

"나 같으면 다이아몬드를 낼 텐데……."

포그와 아우다, 픽스, 그리고 파스파르투가 동시에 고개를 들었다. 프록터 대령이었다! 프록터 대령은 상대를 알아보고 소리쳤다.

"아니, 이게 누구신가? 그 영국인 친구시구먼! 스페이드를 내려고 한 사람이 당신이었단 말이지.”

포그가 스페이드를 내놓으며 차갑게 대꾸했다.

“맞소, 스페이드를 내려고 했소.”

프록터 대령이 몸을 구부려 카드를 집는 시늉을 하면서 무례하게 말했다.

“글쎄, 다이아몬드를 내라니까. 이 게임을 잘 모르시나?”

포그는 자리에서 일어나며 말했다.

“내가 더 잘하는 게임이 있소이다.”

프록터 대령은 기분 나쁜 미소를 지으며 대꾸했다.

“그래, 어디 한번 보여 주시지.”

아우다가 잔뜩 겁에 질린 표정으로 포그의 팔을 붙들었다. 하지만 포그는 부드럽게 그녀를 밀어냈다. 파스파르투는 금방이라도 이 미국인에게 달려들 태세를 갖추었다. 그러나 픽스가 먼저 벌떡 일어나더니 프록터 대령에게 다가갔다.

“이봐, 나하고 먼저 볼일이 있을 텐데? 당신은 나를 모욕했을 뿐만 아니라 주먹까지 날렸지.”

포그가 나섰다.

“픽스 씨, 죄송하지만 이 일은 순전히 내 문제입니다. 이 사람은 샌프란시스코에서뿐만 아니라 여기서도 나를 모욕했으니, 자기가 한 행동에 대해 대가를 치러야 합니다.”

프록터 대령이 비웃듯이 대답했다.

"언제 어디서나 대환영이오."

아우다는 포그를 말리려고 했으나 소용이 없었다. 픽스는 이 싸움을 자기가 떠맡으려 했으나 허사였다. 파스파르투는 이 무례한 미국인을 창밖으로 내던져 버리고 싶었으나 주인이 눈빛으로 막는 바람에 주춤거렸다. 이윽고 포그가 천천히 객실 밖으로 나가자, 프록터 대령이 그 뒤를 따라갔다.

포그가 상대에게 말했다.

"대령, 샌프란시스코에서 댁한테 모욕을 당한 뒤, 난 영국에서 볼일을 마치는 대로 미국으로 와서 댁을 만나려고 했소."

"저런!"

"6개월 후에 만납시다."

"아예 6년 후로 미루시지 그래?"

"6개월이라고 했소."

프록터 대령은 거만하게 말했다.

"도망치고 싶은 게로군! 지금 여기서 결판을 내든가, 아니면 포기하시지."

"정 그렇다면, 좋소! 지금 뉴욕으로 가는 길이오?"

"아니."

"그럼 시카고?"

"아니."

"오마하로?"

"상관할 것 없지 않소? 플럼크리크라고 들어 보셨나?"

"아니, 모르오."

"다음 역이지. 1시간이면 도착할 거요. 기차는 거기서 10분 동안 정차하오. 10분이면 한판 붙기에 충분하지 않나?"

"좋소, 플럼크리크에서 잠시 내리겠소."

미국인은 기분 나쁘게 웃으며 말했다.

"거기서 영영 못 떠날 텐데, 뭘!"

"그거야 아무도 모르는 일 아니오?"

포그는 그렇게 말하고 자리로 돌아갔다. 그는 걱정에 휩싸여 있는 아우다에게 허풍이 센 사람은 두려워할 필요가 없다고 말하며 안심을 시켰다. 그러고는 픽스에게 결투의 입회인이 되어 달라고 부탁했다. 픽스는 거절할 수 없었다. 포그는 다시 태연한 얼굴로 카드를 집어 들고 게임을 계속했다.

11시쯤 기차는 플럼크리크 역에 가까워지고 있었다. 포그가 자리에서 일어나 밖으로 나가자 픽스가 그의 뒤를 따랐다. 파스파르투도 권총 두 자루를 가지고 함께 나갔다.

그들이 승강구에 이르렀을 때, 맞은편 객차 문이 열리면서 프록터 대령이 나타났다. 그 옆에는 친구로 보이는 사람이 입회인 자격으로 서 있었다.

그들이 막 기차에서 내리려는 순간 차장이 달려왔다.

"여러분, 내리면 안 됩니다."

프록터 대령이 화를 내며 물었다.

"왜 안 된다는 거요?"

"기차가 20분이나 늦었어요. 그래서 이번 역에서는 머무르지 않습니다."

"하지만 난 이 사람하고 결투를 해야 한다고!"

"죄송합니다만 지금 바로 출발해야 합니다. 보세요, 출발 신호가 들리잖아요."

차장이 말을 마치는 순간, 기적이 울리며 기차가 움직이기 시작했다. 차장이 말을 이었다.

"정말 죄송합니다. 다른 경우라면 얼마든지 도와드렸을 텐데요. 그런데 굳이 플럼크리크에 내려서 하실 필요가 있을까요? 객차 안에서 하시면 어떻겠습니까?"

프록터 대령이 기분 나쁘게 웃으며 빈정댔다.

"이 신사 나리가 좋아하지 않을걸."

포그가 흔쾌히 대답했다.

"아니오, 그거 참 좋은 생각이오."

'여기가 미국이라는 게 정말로 실감이 나는군!'

파스파르투는 이런 생각을 하며 주인의 뒤를 따라갔다.

싸움을 벌일 두 사람과 그들의 일행, 그리고 차장은 기차의 마지막 칸으로 갔다. 그곳에는 승객이 여남은 명밖에 없었다. 차장은 승객들에게, 두 사람이 명예를 위해 결투를 하려고 하니 잠시만 객실을 비워 줄 수 있겠느냐고 정중하게 부탁했다.

승객들은 기꺼이 자리를 내주겠다고 하면서 승강구로 나왔다. 객차의 길이는 15미터쯤 되어, 결투를 벌이기에는 그만이었다. 포그와 프록터 대령은 각각 권총을 두 자루씩 들고 객차 안으로 들어갔다. 입회인들은 문을 닫고 객차 밖에서 기다렸다. 기차가 첫 번째 기적을 울리면 총을 쏘기로 했다. 그런 다음 2분이 지나면 살아남은 사람은 문을 열고 나오는 것이었다. 이보다 더 간단할 수는 없었다.

그때였다. 아직 기적이 울리기 전인데, 난데없이 고함 소리와 요란한 총소리가 들렸다. 포그와 프록터 대령이 결투를 하러 들어간 객차에서 나는 소리는 아니었다. 탕! 탕! 탕! 총소리는 기차 앞쪽에서 들려왔다. 공포에 질린 비명 소리가 기차를 뒤흔들었다.

포그와 프록터 대령은 권총을 손에 쥔 채 기차 앞쪽으로 달려갔다. 그쪽에서 총성과 고함이 점점 커지고 있었다. 기차가 수 족 인디언에게 공격을 당하고 있었던 것이다. 수 족 인디언이 기차를 공격한 것은 이번이 처음이 아니었다. 이전에도 여러 번 공격해 성공을 거두었다. 백여 명쯤 되는 인디언들은 말을 타고 기차 옆에서 달리다가, 마치 곡예사처럼 기차 지붕 위로 펄쩍 뛰어올랐다.

그들은 달리는 기차에 마구 총을 쏘아 댔다. 승객들 역시 대부분 총으로 무장하고 있었으므로 용감하게 맞섰다. 잠시 후 인디언 몇 명이 기관실 안으로 들어가 기관사를 때려눕히고 기차를 세우려 했다. 기차를 세우기 위해서는 증기관을 닫아야 하는데, 그것을 알 턱이 없는 인디언이 증기관을 되레 열어 놓는 바람에 기차는 갑자기 무서운 속도로 내달리기 시작했다.

이윽고 객차 안으로 들어온 인디언들은 승객들과 한데 엉켜 난투를 벌였다. 그들은 가방을 열어 돈과 물건을 약탈한 후 창밖으로 마구 던져 버렸다. 비명 소리와 총소리가 그칠 줄 몰랐다. 그러나 승객들은 용감하게 맞서 싸웠다. 바리케이드를 치고 인디언을 막아 내는 사람들도 있었다.

아우다도 함께 싸우고 있었다. 그녀는 깨진 창문 사이로 인디언이 보일 때마다 용감하게 방아쇠를 당겼다. 그녀의 총에 스무 명이 넘는 인디언들이 죽거나 부상을 당해 철로 위로 나둥그러졌다. 기차 바퀴는 철로 위로 떨어지는 자는 누구든 사정없이 깔아뭉개 버렸다.

승객 중에도 부상을 당한 사람이 몇 명 있었다. 그들은 움직이지도 못한 채 좌석에 누워 있었다. 싸움은 10분이 넘게 이어지고 있었다. 어떻게든 빨리 결판을 내야 했다. 그러기 위해서는 반드시 기차를 세워야만 했다. 3킬로미터쯤 더 가면 군인들이 주둔하고 있는 커니 요새 역이 있었다. 만약에 그곳을 그냥 통과하게 되면, 기차는 수 족 인디언의 손에 넘어갈 것이 뻔했다.

차장은 포그 곁에서 싸우고 있었다. 그러던 그가 어디선가 날아온 총알을 맞고 푹 쓰러졌다. 그는 소리쳤다.

"5분 안에 기차를 세우지 못하면 우린 끝장입니다."

"기차를 세우겠소."

포그가 이렇게 말하고는 객차 밖으로 뛰어나가려 했다. 바로 그 순간 파스파르투가 외쳤다.

"주인님은 여기 계세요! 제가 가겠습니다."

포그가 미처 말릴 새도 없이 파스파르투는 객차 문을 열고 밖으로 달려 나갔다. 그러고는 인디언들이 눈치채지 못하게 재빨리 기차 밑으로 미끄러져 내려갔다.

기차 안에서 총알이 휙휙 날아가며 난투가 계속되는 동안, 파스파르투는 기차 밑의 튀어나온 부분들과 객차 사이의 쇠사슬을 붙잡고 조금씩 조금씩 앞쪽으로 나아갔다. 그리하여 마침내 기차의 앞쪽에 이르렀다. 그는 한 손으로 기차에 매달린 채 다른 한 손으로 기관차와 객차를 연결하고 있는 육중한 쇠사슬을 풀어 버리는 데 성공했다. 기관차에서 떨어져 나간 객차는 차츰 속도가 줄어들었고, 가벼워진 기관차는 더욱 속도가 붙어서 미친 듯이 앞으로 내달렸다.

기관차와 분리된 객차는 몇 분 동안 달리다가, 역을 100미터쯤 지난 지점에서 멈춰 섰다. 군인들이 총소리를 듣고 달려왔다. 인디언들이 군인들을 기다리고 있을 리 없었다. 그들은 순식간에 달아나 버렸다.

상황이 정리되고 난 다음, 승객들의 수를 헤아려 보니 세 명이 행방불명이었다. 그중에는 헌신적으로 승객들을 구해 낸 용감한 프랑스 인도 있었다. 어떻게 된 것일까? 싸우다 죽은 걸까? 아니면 인디언의 포로가 되었나? 알 수 없는 일이었다.

부상자가 많기는 했지만 중상을 입은 사람은 없었다. 용감하게 맞서 싸운 프록터 대령도 부상을 당해, 다른 부상자들과 함께 역에서 치료를 받았다. 아우다는 무사했다. 포그도 몸을 사리지 않고 싸웠으나 다행히 다친 곳은 없었다. 픽스는 팔에 가벼운 상처를 입은 정도였다. 그런데 진정으로 용감했던 파스파르투가 보이지 않았다. 아우다의 두 뺨 위로 소리 없이 눈물이 흘러내렸다.

포그는 아무 말 없이 서 있었다. 중요한 결정을 내려야 하는 순간이었다. 아우다가 조용히 그를 지켜보고 있었다. 포그는 하인이 포로로 잡혔다면 구출해 오는 것이 자신의 의무이자 도리라고 생각했다. 그는 단호하게 말했다.

"죽었든 살았든 반드시 데려올 겁니다."

아우다는 포그의 두 손을 붙잡고 울음을 터뜨렸다.

"아, 포그 씨!"

"분명히 살아 있을 겁니다. 빨리 손을 써야겠어요."

포그는 이 결정으로 모든 것을 잃을 수도 있었다. 하루라도 더

지체하다간, 뉴욕에서 출발하는 배를 놓칠 것이 뻔했기 때문이다. 그러면 내기에서 지게 된다. 하지만 그는 조금도 망설이지 않았다.

커니 요새의 지휘관인 대위가 만약의 경우를 대비해 약 백여 명의 군인들을 이끌고 역을 지키고 있었다. 포그는 대위에게 다가가서 말했다.

"대위님, 승객 세 명이 실종되었소."

"죽었습니까?"

"죽었거나 포로가 되었겠지요. 그걸 알아내야 합니다. 인디언들을 추격할 건가요?"

"그건 쉽게 결정할 수가 없습니다. 인디언들이 아칸소 강 너머로 도주했을 수도 있으니까요. 나는 이 요새를 책임지는 사람인 만큼 이곳을 내버려 두고 함부로 갈 수가 없습니다."

"대위님, 이건 세 사람의 목숨이 걸린 일이오."

"그렇긴 합니다만……, 세 명을 구하기 위해 오십 명의 목숨을 위험에 빠뜨려야 하겠습니까?"

"그건 뭐라 말할 수 없지만, 어쨌든 사람을 구하는 것이 가장 우선적인 의무가 아니겠소?"

대위는 단호하게 말했다.

"선생님, 내 의무는 내가 압니다. 이곳에서 누구도 내 의무에 대해 이래라 저래라 말할 수 없습니다."

포그는 냉정하게 대꾸했다.

"그렇다면, 좋소. 나 혼자 가겠소이다."

픽스가 두 사람의 대화에 끼어들었다.

"아니, 포그 씨! 혼자서 그 인디언들을 어떻게 쫓아가겠다는 말입니까?"

"그럼 우리 모두를 구해 준 파스파르투를 죽게 내버려 두고 나 혼자서 그냥 가 버릴 거라 생각하셨소? 나는 갈 겁니다."

대위는 포그의 모습에 크게 감동하여 소리쳤다.

"알겠습니다, 선생님! 용기가 대단하군요. 혼자 가게 두진 않을 겁니다. 자, 제군들! 누가 이 신사 분과 함께 가겠나? 지원자 삼십 명 앞으로!"

대위가 부하들을 향해 외치자 부대원 전체가 앞으로 나섰다. 대위는 그 가운데에서 삼십 명을 지명한 다음, 장교 한 명에게 지휘 임무를 맡겼다.

포그가 말했다.

"정말 감사합니다, 대위님!"

픽스가 나섰다.

"나도 같이 가겠습니다."

"좋을 대로 하십시오. 하지만 정말 나를 돕고 싶다면 여기 남아서 아우다 부인을 돌봐 주시는 건 어떨까요? 나한테 무슨 일이라도 생긴다면……."

픽스의 얼굴이 창백해졌다. 뭐라고! 이렇게 힘들게 쫓아왔는데 혼자 가겠다고? 저 벌판 속으로 도둑이 사라지는 걸 두고 보란 말이야? 픽스는 복잡한 심정으로 포그를 힐끗 바라보았다. 그러나 그의 침착하고 진지한 얼굴에 그만 고개를 돌려 버리고 말았다.

"그럼 여기 남겠습니다."

몇 분 후 포그는 아우다의 두 손을 잡고 여행 가방을 맡기며 잘 간수해 달라고 부탁했다. 그러고는 장교가 이끄는 소부대와 함께 떠났다. 그는 출발하기에 앞서 군인들에게 이렇게 말했다.

"만약 포로들을 구하게 되면 여러분에게 천 파운드를 드리겠습니다."

정오가 조금 지난 시각이었다.

아우다는 대합실에 앉아 포그라는 사람에 대해 생각했다. 그는 참으로 용감하고 존경스러운 사람이었다. 하인을 구하기 위해 자신의 재산을 망설임 없이 내놓았을 뿐만 아니라, 이제는 목숨을 걸고 위험에 뛰어들기까지 하지 않았는가. 그러나 픽스는 아우다와 생각이 전혀 달랐다. 그는 불안한 마음을 숨기지 못한 채 초조하게 역 앞을 왔다 갔다 하며 포그를 떠나게 내버려 둔 자신의 어리석음을 꾸짖었다.

'이렇게 멍청할 수가! 포그는 내 정체를 알고 있었던 거야! 그자는 달아나고 말았어. 이제 절대로 돌아오지 않을 거야. 도대체 어디서 다시 그놈을 찾아내지? 내가 어쩌자고 그냥 가게 두었을까? 주머니에 체포 영장까지 넣어 두고서 말이야!'

픽스가 이런 생각을 하고 있는 동안에도 시간은 서서히 흘러가고 있었다. 그는 어찌해야 좋을지 알 수가 없었다.

'아우다 부인한테 그냥 모조리 털어놔 버릴까? 아니, 눈보라를 뚫고서라도 당장 뒤쫓아 가는 게 낫지 않을까? 아직 군인들의 발자국이 남아 있을 테니 지금이라도 찾을 수 있을 거야. 하지만 발자국도 이내 눈에 덮여 버리겠지.'

그러다가 다 포기하고 그냥 영국으로 돌아가 버릴까, 하는 충동에 사로잡히기도 했다. 때마침 마음만 먹는다면 그렇게 할 수 있는 기회가 왔다. 오후 2시쯤, 동쪽에서 기적 소리가 들려왔던 것이다. 그러나 그 시각에 동부에서 올 기차는 없었다. 차장이 보내 달라고 요청한 기차가 도착하기에는 아직 이른 시간이었고, 오마하에서 샌프란시스코로 가는 기차도 다음 날에야 도착할 예정이었다.

잠시 후 역 안으로 천천히 기차가 들어왔다. 그것은 그들이 타고 온 기차에서 떨어져 나간 기관차였다. 기관차는 기차와 분리된 채 그대로 몇 킬로미터를 더 달리다가 연료가 떨어지자 서서히 속도가 떨어져, 결국 1시간 뒤에는 완전히 멈춰 서고 말았다. 커니 요새 역에서 30여 킬로미터나 떨어진 지점에서였다.

인디언에게 두들겨 맞았던 기관사는 한참 동안 의식을 잃고 있다가 겨우 정신이 들었다. 그는 기차에서 달랑 기관차만 떨어져 나와 철로 한가운데에 멈춰 서 있는 것을 보고, 무슨 일이 일어났는지 알아차렸다. 기관차가 어떻게 객차와 분리된 것인지는 도저히 이해할 수 없었지만.

기관사는 그대로 오마하로 갈 수도 있었다. 사실 그것이 훨씬 안전했을 것이다. 인디언들이 아직 남아 있을지도 모르기 때문에 기차를 찾아 돌아가는 것은 위험천만한 일이었다. 그러나 기관사는 조금도 망설이지 않고 돌아가야 한다고 마음을 정했다. 그는 석탄과 장작을 화구에 가득 넣었다. 이내 불길이 화르르 타오르더니 금세 증기의 압력이 올라갔다. 그리하여 기관차는 기적을 울리며 커니 요새 역으로 돌아온 것이었다.

승객들은 기차 앞머리에 기관차가 연결되자 환호성을 지르며 기뻐하였다. 이제 다시 여행을 계속할 수 있었다. 그러나 아우다는 그들처럼 기뻐할 수 없었다. 그녀는 차장에게 물었다.

"곧 떠나는 건가요?"

"네, 지금 바로 갑니다."

"하지만 인디언한테 잡혀간 사람들은요?"

"무척 죄송합니다만, 마냥 기다릴 수는 없습니다. 이미 3시간이나 늦은걸요."

"그럼 뉴욕으로 가는 다음 기차는 언제쯤 도착하나요?"

"내일 저녁에 옵니다."

"내일 저녁이요? 너무 늦어요. 조금만 더 기다려 주세요."

"그건 어렵습니다. 가시려거든 지금 바로 타세요."

"난 가지 않겠어요."

픽스가 이 대화를 들었다. 조금 전, 커니 요새 역을 벗어날 방법이 없었을 때는 어서 빨리 떠나고 싶은 마음뿐이었다. 그런데 막상 기차에 올라타기만 하면 되는 상황이 되자, 웬일인지 발이 땅에 붙은 듯 움직이지 않았다. 마음속에서 다시 갈등이 일기 시작했다. 일이 실패한 것만 같아서 화가 치밀어 오르더니, 한편으로는 끝까지 싸우고 말겠다는 오기가 불같이 일었다.

승객들은 모두 기차에 올라타 이미 자리를 잡았다. 그 가운데에는 부상을 입은 프록터 대령도 있었다. 출발을 알리는 기적이 울렸다. 뒤이어 요란한 종소리와 함께 기차가 역을 빠져나가기 시작하더니 곧바로 눈 속으로 사라져 버렸다.

픽스는 그 자리에 그대로 서 있었다.

그러고 나서 몇 시간이 흘렀다. 날씨가 점점 더 매서워지면서 추위가 살을 에는 듯했다. 픽스는 플랫폼 벤치에 앉아 꼼짝도 하지 않았다. 어쩌면 잠들어 있는지도 몰랐다. 아우다는 대합실에서 기다리다가 수시로 밖으로 나왔다. 눈보라가 몰아치는데도 아랑곳하지 않고 플랫폼 끝까지 걸어가서는, 눈보라 속을 뚫어지게 바라보며 귀를 기울이곤 했다. 하지만 아무것도 보이지 않았고, 아무 소리도 들리지 않았다.

날이 저물었다. 그러나 구조대는 돌아오지 않았다. 그들은 어디까지 갔을까? 인디언들을 따라잡은 것일까? 싸움이 벌어졌을까? 대위 역시 몹시 초조했지만 걱정하는 기색을 보이지 않으려고 애썼다.

밤이 되었다. 눈발이 많이 약해졌는데도 추위는 점점 더 혹독해졌다. 여전히 아무런 소리도 들리지 않았다. 아우다는 밤새 무거운 마음으로 바깥을 서성거렸다. 최악의 상황에 대한 두려움을 떨칠 수가 없었고, 오만 가지 불길한 상상이 머릿속을 가득 채웠다. 픽스는 여전히 플랫폼 벤치에 가만히 앉아 있었는데, 그 역시 밤새 한잠도 자지 못하고 깨어 있었다. 누군가가 그에게 다가가 말을 걸어도 그저 무뚝뚝하게 고개를 가로저었을 뿐이다.

이렇게 밤이 지나갔다. 하늘이 뿌옇게 밝아 오기 시작했다. 포그와 군인들은 인디언들을 쫓아 남쪽으로 떠났다. 하지만 남쪽에서 보이는 것은 오로지 눈, 눈, 눈뿐이었다.

아침 7시였다. 대위는 걱정이 되어 안절부절못하고 있었다. 후발대를 보내서 도와야 하나? 더 많은 이들을 위험에 빠뜨리는 건 아닐까? 그러나 그는 그리 오래 고민하지 않았다. 금방 마음을 정하고는 중위 한 명을 불러 정찰대를 조직해 남쪽으로 보내라는 명령을 내렸다.

바로 그 순간, 어디선가 몇 발의 총소리가 울려 퍼졌다. 저 소리는 신호인가? 군인들이 밖으로 우르르 뛰쳐나갔다. 1킬로미터쯤 떨어진 곳에서 군인들이 돌아오는 것이 보였다. 포그가 앞장서서 오고, 그 옆에 파스파르투와 다른 승객 두 명이 있었다.

그들은 커니 요새에서 남쪽으로 16킬로미터가량 떨어진 곳까지 뒤쫓아가 전투를 벌였다. 포그와 군인들이 도착하기 직전에 파스파르투와 두 승객은 그들을 납치해 간 인디언들과 싸움을 벌이고 있었다. 파스파르투는 이미 세 명을 때려눕힌 뒤였다.

역은 구조대를 맞이하는 환호성으로 가득 찼다. 포그는 약속한 대로 군인들에게 사례금을 주었다. 그 모습을 보며 파스파르투는 이런 말을 계속 되뇌었다.

'난 정말로 돈 잡아먹는 귀신인 모양이야!'

픽스는 잠자코 포그를 바라보았다. 그때 그의 마음속에서 복잡하게 오고 간 생각들을 설명하기는 어려울 듯하다. 아우다는 차마 입을 열지 못한 채 포그에게 다가가 두 손으로 그의 손을 꼭 잡았다.

파스파르투는 역에 도착하자마자 두리번거리며 기차를 찾았다. 기차가 당장이라도 떠날 준비를 하고 기다리고 있기를 바란 모양이었다. 그러면 낭비한 시간을 벌충할 수 있으리라 생각하며……. 그가 소리쳤다.

"기차! 기차는 어디 있죠?"

픽스가 대답했다.

"갔소."

포그가 물었다.

"다음 기차는 언제 옵니까?"

"오늘 저녁이나 돼야 한답니다."

"아!"

신사의 반응은 그것뿐이었다.

이제 포그는 계획보다 20시간이나 늦어졌다. 파스파르투는 모든 것이 자기 탓인 것만 같아 더할 수 없이 괴로웠다. 그때 픽스가 포그에게 다가와 진지한 눈빛으로 물었다.

"정말 그렇게 급하십니까?"

포그가 대답했다.

"물론이지요."

"정말로 11일 저녁 9시까지, 그러니까 리버풀행 배가 떠나기 전에 뉴욕에 도착해야 하는 겁니까?"

"정말로 그렇습니다."

"인디언의 습격으로 발이 묶이지만 않았더라도 11일 아침에는 뉴욕에 도착했겠지요?"

"그랬겠지요. 출항 시간보다 12시간 일찍 도착했을 거요."

"잘 알겠습니다. 그럼 지금 정확히 20시간 뒤처진 거군요. 그러나 12시간 일찍 도착할 예정이었으니, 실제로는 8시간 늦어진 셈입니다. 그 시간을 따라잡아 보시겠습니까?"

"어떻게요? 걸어서 말입니까?"

"아니요, 썰매로요. 돛을 단 썰매가 있습니다. 어떤 사람이 썰매를 이용해 보지 않겠느냐고 묻더군요."

포그가 얼른 대답하지 않자 픽스는 역 앞에서 서성거리는 한 남자를 손으로 가리켰다. 그 남자는 어젯밤에 픽스에게 말을 건 사람이었다. 그때 픽스는 싫다고 거절했다. 포그는 그 사람에게 다가갔다.

이름이 머지라고 하는 그 미국인은 근처에 있는 한 오두막으로 포그를 안내했다. 오두막 안에는 기이한 모양의 썰매가 있었다. 포그는 그것을 자세히 살펴보았다. 앞쪽이 약간 높은 기다랗고 튼튼한 나무 받침 두 개 위에 배 모양의 나무틀을 얹어 놓은 것으로, 대여섯 명은 너끈히 탈 수 있는 크기였다. 높다란 돛대에는 삼각형 모양의 큼직한 돛이 달려 있었다. 뒷부분에는 노처럼 생긴 것이 달려 있었는데, 그것으로 썰매의 방향을 조정하는 모양이었다.

말하자면 돛단배처럼 생긴 썰매였다. 겨울에 폭설로 기차가 다닐 수 없을 때 이런 썰매들이 역과 역 사이를 이어 주는 중요한 운송 수단이 되었다.

포그는 몇 분 만에 썰매 주인과 흥정을 끝냈다. 마침 서쪽에서 강한 바람이 불어오고 있어서 속력을 내는 데 큰 도움이 될 듯했다. 머지는 포그 일행을 몇 시간 내로 오마하까지 데려다 주겠다고 약속했다. 오마하에는 시카고와 뉴욕으로 가는 기차 노선이 많기 때문에 뒤처진 시간을 만회하는 것이 불가능하지만은 않았다.

포그는 아우다가 추위에 고생할 것을 염려하여, 파스파르투와 함께 커니 요새 역에 남겨 두려고 했다. 그러나 아우다는 포그와 헤어지고 싶지 않다고 단호하게 말했다. 결국 모두 함께 가게 되자, 파스파르투는 더없이 기뻐하였다. 주인을 픽스와 단둘이 있도록 내버려 두는 것이 불안했기 때문이다.

픽스가 이런 상황을 어떻게 받아들였을지는 알 수 없다. 파스파르투를 구출해 돌아오는 포그의 모습을 보고 생각이 바뀌었을까? 아니면 여전히 세계 일주만 끝내면 영국에서 안심하고 살 수 있다고 기대하는 영리한 범죄자로 보았을까? 그가 포그의 사람됨을 전보다는 높이 평가하게 되었을지 모르지만, 임무에 충실해야 한다는 결심에는 흔들림이 없었다. 그래서 가능한 한 빨리 영국으로 돌아가고 싶은 마음이 누구보다 간절하였다.

아침 8시쯤 썰매는 출발할 준비를 마쳤다. 포그 일행은 추위에 대비해 옷을 잔뜩 껴입고 썰매 위에 자리를 잡았다. 돛을 올린 썰매는 뒤에서 불어오는 바람을 받아 나는 듯이 미끄러지기 시작했다. 커니 요새에서 오마하까지는 직선 거리로 320킬로미터밖에 되지 않았다. 바람이 지금처럼만 불어 주고 사고만 나지 않는다면 도착까지 5시간이면 충분했다. 오후 1시에는 오마하에 충분히 도착한다는 얘기였다.

얼마나 모진 추위였는지! 포그 일행은 온기를 잃지 않기 위해 서로 바짝 붙어 앉아 몸을 웅크렸다. 속도가 빨라질수록 추위는 더욱 매서워져서 간단한 대화조차 나누기가 힘들 정도였다. 썰매는 물 위를 달리는 배처럼 가벼이 눈 위를 미끄러져 갔다. 시속 64킬로미터쯤 되는 듯했다. 거센 바람이 일 때마다 썰매가 공중으로 붕 떠오르는 것 같았다.

머지는 썰매가 길에서 벗어나지 않도록 열심히 방향타를 조정하며 소리쳤다.

"별일 없으면 제시간에 도착할 겁니다."

그 역시 꼭 제시간에 도착하길 바랐다. 포그가 이번에도 엄청난 사례금을 약속했기 때문이다.

썰매가 통과하는 지역은 너르디너른 벌판이었다. 마치 얼어붙어 버린 거대한 호수 같았다. 앞길을 막는 것은 아무것도 없었다. 걱정이 되는 것이라면 오직 썰매가 고장 나거나 바람이 약해지거나 방향이 바뀌는 일뿐이었다. 그러나 바람은 약해지기는커녕 돛대가 휘어질 정도로 점점 더 거세게 불었다.

파스파르투는 노을처럼 붉게 달아오른 얼굴로 차가운 공기를 들이마시며 다시금 희망을 품기 시작했다. 뉴욕에는 아침이 아니라 저녁에 도착하게 되겠지만, 리버풀행 배는 탈 수 있을 것 같았다. 어찌나 기분이 좋던지 파스파르투는 픽스에게 악수를 청하며 친구라고 불러 주고 싶은 마음이 목구멍까지 차 올랐다. 썰매가 아니었다면 제시간에 오마하에 도착할 수 있을 것이라 상상이나 했겠는가.

하지만 그렇다고 해서 그가 픽스를 믿게 된 것은 아니었다. 픽스는 여전히 믿을 수 없는 사람이었다. 파스파르투는 이 형사가 또 뭔가 계략을 꾸미고 있을 거라는 느낌을 지울 수 없었다.

아무튼 파스파르투는 평생 잊을 수 없는 소중한 기억이 생겼다. 주인이 자신을 구하기 위해 여행을 중단하고 인디언들을 추격해 왔기 때문이다. 그것은 주인의 생명과 전 재산을 건 값진 희생이었다. 파스파르투는 이 일을 절대 잊지 않겠다고 다짐했다. 절대로 잊지 않겠다고.

정오 무렵, 머지는 얼어붙은 플랫 강을 건넜다는 사실을 알았다. 손님들에게는 아무 말도 하지 않았지만, 그는 곧 오마하 역에 도착하리라 확신했다. 그로부터 채 1시간도 지나지 않아, 머지는 썰매를 멈추고 눈이 덮인 지붕들을 손가락으로 가리키며 말했다.

"다 왔습니다."

정말로 도착했다. 하루에도 수많은 기차들이 동부로 향하는 오마하 역에 무사히 도착한 것이다!

파스파르투와 픽스는 가장 먼저 썰매에서 뛰어내려 저린 다리를 풀었다. 그러고는 포그와 아우다가 내리는 것을 도와주었다. 포그는 머지에게 두둑한 사례금을 주었고, 파스파르투는 오랜 친구와 작별의 인사라도 나누듯이 그의 손을 꽉 잡았다. 그런 다음 일행은 곧바로 역으로 달려갔다.

시카고행 기차가 막 출발하려는 순간이었다. 포그 일행은 아슬아슬하게 기차에 뛰어올랐다. 오마하는 전혀 구경하지 못했지만, 파스파르투는 조금도 아쉬울 것이 없었다.

기차는 빠른 속도로 아이오와 주와 일리노이 주를 스쳐 지나갔다. 그리고 다음 날, 10일 오후 4시에는 명성 높은 도시 시카고에 도착할 수 있었다. 시카고는 몇 년 전 도시 전체를 파괴한 무시무시한 화재(1871년 10월 8일 발생하여 18,000여 채의 건물을 태우고 수백 명의 목숨을 앗아 간 대형 화재 사건—옮긴이)의 참극을 딛고 이제 새로운 모습으로 탈바꿈하고 있었다.

시카고에서 뉴욕까지의 거리는 약 1,400킬로미터나 되었지만, 두 도시를 오가는 기차는 얼마든지 있었다. 포그 일행은 타고 온 기차에서 내려 얼른 뉴욕행 기차로 옮겨 탔다. 기차는 포그의 급박한 상황을 알고 있다는 듯 엄청난 속도로 달리기 시작했다. 차창 밖으로 인디애나 주를 비롯하여 오하이오 주와 펜실베이니아 주, 뉴저지 주의 풍경들이 순식간에 나타났다가 사라져 갔다.

마침내 허드슨 강이 모습을 드러내기 시작했다. 그리고 12월 11일 밤 11시 15분, 기차는 허드슨 강 오른쪽 연안에 있는 역으

로 들어섰다. 역 바로 앞에는 수많은 여객선들이 드나드는 항구
가 있었다.

그러나 리버풀로 가는 차이나 호는 이미 45분 전에 떠나 버린
뒤였다!

제 10 장

포그, 불운에 직접 맞서다

차이나 호는 뉴욕을 떠나면서 포그의 마지막 희망도 함께 싣고 가 버린 것 같았다. 다른 배로는 도저히 일정을 맞출 수가 없었다. 프랑스 정기선은 사흘 후인 14일에 출발했다. 게다가 그 배는 리버풀이나 런던으로 곧장 가지 않고, 프랑스의 항구를 들렀다 가는 것이었다. 그렇게 가면 런던에 제시간에 도착할 수가 없었다. 이튿날 출항하는 배가 한 척 있긴 했지만, 증기선이 아니라 돛을 이용하는 범선이어서 고려해 볼 필요조차 없었다.

파스파르투는 분통이 치밀어 견딜 수가 없었다. 겨우 45분 때문에 배를 놓치다니! 그는 이것 역시 자기 탓이라고 여겼다. 주인을 돕기는커녕 가는 길마다 방해만 놓은 꼴이 되었다. 파스파르투는 여행 중에 일어났던 일들을 하나하나 되돌아보고, 자신을 구하기 위해 주인이 쏟아 부은 돈을 전부 계산해 보았다. 그러고 나서 주인이 내기에 져서 완전히 파산하고 말 것이라는 데 생각이 미치자 도무지 참을 수가 없었다. 그는 자기 자신에게 욕설을 마구 퍼부었다.

하지만 포그는 파스파르투를 탓하지 않고 그저 이렇게 말할 뿐이었다.

"이 문제는 내일 생각해 보도록 하지."

호텔에 방을 잡고 누웠으나, 잠이 든 사람은 포그 한 사람뿐이었다. 파스파르투와 아우다, 그리고 픽스는 잠을 이루지 못하고 아주 기나긴 밤을 보냈다.

다음 날이 되었다. 12월 12일이었다. 12일 아침 7시부터 21일 저녁 8시 45분까지는 9일 13시간 45분이 남아 있었다. 그러니까 전날 밤에 그 어떤 기선보다 속도가 빠른 차이나 호를 타고 떠났다면 포그는 제시간에 런던에 도착했을 것이다.

포그는 홀로 호텔을 나섰다. 파스파르투에게는 다녀올 데가 있으니 기다리라 하고, 아우다에게도 언제든 출발할 수 있게 준비를 하고 있으라고 부탁하였다.

그는 항구로 가서 떠날 준비가 되어 있는 배가 있는지 살펴보았다. 뉴욕 항과 같은 큰 항구에서는 매일 백여 척이 넘는 배가 세계 곳곳으로 떠나기 때문에 출항 준비를 마친 배를 찾기는 어렵지 않았다. 하지만 대부분 범선이어서 포그에게는 아무런 의미가 없었다.

마지막 시도마저 실패로 돌아가는가 싶은 순간, 마침내 쓸 만해 보이는 증기선 한 척을 발견했다. 굴뚝에서 검은 연기를 내뿜고 있는 것으로 보아, 출항을 위해 마지막 준비를 하고 있는 듯했다. 포그는 거룻배를 하나 불러 곧 그 배 앞으로 다가갔다. 선체는 강철로, 갑판과 윗부분은 목재로 된 기선이었다.

포그가 갑판으로 올라가 선장을 만나 보겠다고 하자, 쉰 살쯤 되어 보이는 무뚝뚝한 인상의 남자가 모습을 나타냈다. 몸집이 크고 눈이 부리부리한 데다 붉은색 머리카락이 지저분하게 헝클어져 있어 호감을 주는 인상은 아니었다.

포그가 물었다.

"선장이시오?"

"그렇소."

"나는 런던에서 온 필리어스 포그라고 하오."

"카디프에서 온 앤드루 스피디올시다."

"곧 출항합니까?"

"1시간 후에 할 거요."

"어디로 가시오?"

"프랑스의 보르도로 가오."

"승객은 있으시오?"

"승객은 없소. 승객은 뭣 하러? 난 화물이 좋소. 화물은 거치적거리지 않으니까. 입을 놀리는 일도 없고 말이오."

"이 배는 얼마나 빠릅니까?"

"시속 18킬로미터에서 19킬로미터 정도는 되오. 이래 봬도 헨리에타 호는 빠르기로 소문이 난 배올시다."

"나하고 일행 세 사람을 리버풀까지 태워다 줄 수 있겠소?"

"리버풀? 아예 중국까지 태워 달라지 그러쇼."

"리버풀이라고 하잖소."

"싫소!"

"싫다고요?"

"그렇소, 보르도가 목적지니까 보르도로 갈 거요."

"돈을 얼마든지 준다 해도 말이오?"

"얼마든지 줘도 싫소."

선장의 말투로 봐서는 아무리 설득해도 소용이 없을 것 같았다. 그러나 포그는 쉽게 포기하지 않고 한 번 더 수작을 걸어 보았다.

"하지만 헨리에타 호 선주들은……."

"헨리에타 호 선주는 바로 나요. 내 배란 뜻이지."

"그럼 내가 배를 세내겠소."

"싫소."

"내가 배를 사겠소."

“싫소.”

포그는 여전히 태연한 듯 보였지만, 상황은 좀 암담했다. 뉴욕에서는 홍콩에서처럼 일이 수월하게 풀리지 않았다. 헨리에타 호의 선장은 탕카데르 호의 선장처럼 호락호락하지 않았던 것이다. 지금까지는 돈이면 어떤 어려움이든 해결할 수 있었다. 하지만 이번에는 그것이 통하지 않았다.

어떻게든 대서양을 건널 방법을 찾아야 했다. 기구를 타고 가야 하나? 사실 기구는 몹시 위험한 데다 현실적으로도 불가능한 일이었다. 순간 포그에게 한 가지 묘안이 떠올랐다. 그는 선장에게 다시 물었다.

“그럼 보르도까지는 태워다 줄 수 있겠소?”

“싫소, 이백 달러를 준대도 싫소.”

“이천 달러를 드리겠소.”

“한 사람당 말이오?”

“한 사람당.”

“네 명이라고 하지 않았소?”

“네 명이오.”

선장은 머리가 멍해졌다. 팔천 달러를 거저 버는 셈이었다. 승객을 받는 것은 질색이었지만, 팔천 달러라면 그 고집을 잠시 접어 두는 것도 괜찮을 듯했다. 게다가 한 사람당 이천 달러씩이나 낸다면 그건 승객이 아니라 보물단지나 다름없었다. 선장은 속내를 숨기고 무뚝뚝하게 말했다.

"9시에 출항할 거요. 그때까지 나타나지 않으면……."

"좋소이다! 9시까지는 다 승선하겠소."

그때가 8시 30분이었다. 포그는 마차를 타고 쏜살같이 호텔로 돌아와 곧바로 아우다와 파스파르투를 데리고 나왔다. 그리고 이번에도 픽스에게 같이 가자고 했다. 헨리에타 호가 출발 준비를 마쳤을 즈음에는 네 사람 모두 배에 올라타 있었다. 헨리에타 호는 정확히 9시에 뉴욕 항을 떠났다.

다음 날 12월 13일 정오, 한 남자가 헨리에타 호의 선교(船橋, 배가 항해할 때 선장이 지휘하는 갑판 중앙의 가장 높은 자리—옮긴이)에 올라가 선원들에게 이것저것 명령을 내리고, 항해사에게 항로를 지시했다. 독자 여러분은 당연히 이 사람이 스피디 선장이라고 생각하겠지만, 천만의 말씀! 그는 다름 아닌 포그였다! 선장은 선실에 갇힌 채 분을 참지 못하고 고래고래 소리를 지르고 있었다.

사정은 이러했다. 포그는 리버풀로 가자고 했지만 스피디 선장은 그럴 수 없다고 했다. 일단 포그는 엄청난 뱃삯을 내고 보르도까지 가기로 했다. 그렇게 해서 배에 오른 뒤, 포그는 영리하게 돈을 써서 불과 30시간 만에 항해사와 선원들을 모두 자기 편으로 만들었다. 그들 모두 선장을 몹시 싫어했기에 가능한 일이었다.

바로 이런 연유로 스피디 선장이 아닌 포그가 배를 지휘하게 되었고, 헨리에타 호는 보르도가 아니라 리버풀로 향하고 있었던 것이다. 포그가 어찌나 능수능란하게 배를 지휘하는지, 그의 모습을 보고 있으면 한때 뱃사람이었음이 틀림없다는 생각이 들 정도였다.

이 모험이 어떻게 끝날지는 아무도 몰랐다. 아우다는 아무 말도 하지 않았지만 몹시 걱정이 되는 듯했다. 픽스 역시 놀란 나머지 침묵을 지키고 있었다. 파스파르투만이 이 모든 것에 진심으로 즐거워했다.

스피디 선장은 배가 시속 18킬로미터에서 19킬로미터 정도의 속도를 낼 수 있다고 장담했다. 그 말은 사실이었다. 만약 바다가 거칠게 성을 내지 않고 바람이 동쪽에서 불지만 않는다면, 그리고 배에 사고가 나지만 않는다면 헨리에타 호는 뉴욕에서 리버풀까지 4,800킬로미터의 거리를 9일 안에 항해할 수 있을 것이었다.

처음 며칠 동안은 만사가 순조로웠다. 바다는 비교적 잠잠했고, 바람도 배가 가는 쪽으로 불어 주었다. 헨리에타 호는 돛을 활짝 펼치고 정기 여객선처럼 빠르게 나아갔다.

파스파르투는 너무나 기분이 좋았다. 주인의 마지막 작전이 그의 열정을 되살아나게 했다. 선원들은 그처럼 들떠 있는 사람을 본 적이 없었다. 그는 선원들과 금세 친해져서 이런저런 맛 있는 술을 권하며 허물없이 말을 건넸고, 자신이 도울 수 있는 일을 찾아 돌아다니곤 했다.

이 쾌활한 젊은이는 다른 사람들마저도 자기처럼 기분 좋게 만드는 재주가 있었다. 그는 고난의 연속이었던 지난 일은 벌써 다 잊어버렸다. 때때로 조바심을 내며 초조해 하는 모습을 보이기도 했지만, 지금은 그저 눈앞에 다가온 여행의 끝을 생각하려 애쓸 뿐이었다.

픽스는 도무지 아무것도 이해할 수 없었다. 포그는 헨리에타호를 점거했고, 항해사와 선원들을 매수했으며, 그것도 모자라 타고난 뱃사람처럼 배를 지휘하고 있었다. 이 모든 것이 마냥 어리둥절할 뿐이었다.

하기야 처음에 오만 오천 파운드를 훔친 사람이라면, 마지막에는 배를 훔칠 수도 있는 일이었다. 물론 픽스는 포그가 정말로 리버풀로 가리라고는 생각하지 않았다. 어딘가 안전하게 살 곳을 찾아가는 것이라고 굳게 믿었다. 생각해 보니 아주 그럴듯한 계획처럼 여겨졌다. 픽스는 이 사건에 뛰어들게 된 것을 진심으로 후회하기 시작했다.

한편 스피디 선장은 선실 안에서 여전히 고함을 질러 대고 있었다. 그에게 음식을 갖다 주는 일을 맡은 파스파르투는 힘이라면 누구에게도 뒤지지 않을 자신이 있었지만, 선장에게 다가갈 때는 그지없이 조심스럽게 행동했다.

12월 13일, 배는 뉴펀들랜드 섬 근처를 지났다. 이곳은 대서양에서 가장 위험한 해역으로, 겨울이면 안개가 많이 끼고 세찬 폭풍이 휘몰아치는 곳이었다. 불행히도 날씨가 변할 조짐을 보이고 있었다. 밤사이에 기온이 떨어져 몹시 추워진 데다 바람까지 남동풍으로 바뀌었다.

포그는 항로에서 벗어나지 않기 위해 돛을 내리고 증기의 압력을 높였다. 하지만 바다가 워낙 거칠어서 배의 속도는 더 떨어졌다. 거대한 파도가 뱃전을 때릴 때마다 배는 심하게 흔들렸다. 바람이 점점 더 강해지면서 폭풍으로 변해 갔다.

파스파르투는 잔뜩 겁에 질린 얼굴로 시커먼 하늘을 올려다보곤 했다. 하지만 포그는 대담하기 이를 데 없었다. 그는 바다와 싸워 이기는 법을 알고 있었다. 헨리에타 호는 파도가 치솟아 오를 때마다 교묘하게 파도를 뚫고 지나갔다. 때로는 집채만한 파도에 휩쓸려 위험천만한 상황에 처하기도 했지만 계속해서 앞으로 전진했다. 그나마 더 이상 바람이 심해지지 않아 다행이었다.

12월 16일은 런던을 떠난 지 75일째 되는 날이었다. 헨리에타 호는 걱정할 만큼 많이 늦지 않았다. 대서양은 이미 절반쯤 건넌 셈이었고, 가장 위험한 해역도 무사히 통과했다. 여름이었다면 항해는 틀림없이 성공을 거두었을 테지만, 겨울이라 모든 것을 날씨에 맡길 수밖에 없었다. 파스파르투는 내색하지 않았지만 결코 희망을 버리지 않았다.

'바람이 없다면 증기를 쓰면 되지, 뭐.'

그런데 바로 그날, 기관사가 갑판으로 올라와 포그와 심각한 대화를 나누었다. 무슨 내용인지 들리지는 않았지만, 파스파르투는 왠지 모를 불안감을 느꼈다. 두 사람의 대화를 한쪽 귀로 들을 수만 있다면 다른 한쪽 귀는 남에게 주어도 아깝지 않을 것 같았다. 그래도 대화의 끝 자락은 알아들었다.

"그게 확실하오?"

포그가 그렇게 물었다.

"네, 그렇습니다. 출항한 순간부터 계속 전속력으로 달리지 않았습니까? 배에 있는 석탄은 뉴욕에서 보르도까지 가는 데는 충분하지만, 이 속도로 리버풀까지 가자면 모자랄 수밖에 없습니다."

"생각해 보겠소."

파스파르투는 가슴이 철렁 내려앉았다. 석탄이 바닥난 것이었다. 그는 생각했다.

'아! 주인님이 이 어려움도 해결할 수 있을까? 그러기만 한다면 정말 대단하신 분이지!'

그는 참지 못하고 픽스에게 상황을 이야기해 주었다. 픽스는 얼굴을 찡그리며 말했다.

"그럼 맥은 우리가 정말 리버풀로 가고 있다고 믿는 거요?"

"당연하죠."

"멍청하긴!"

픽스는 휙 돌아서서 가 버렸다.

이제 포그는 어떻게 할 작정일까? 그의 생각은 짐작조차 하기 어려웠다. 그러나 이 침착한 신사는 이미 계획을 세워 놓은 듯했다. 그날 저녁 기관사를 불러서 이렇게 말한 것을 보면 말이다.

"불을 계속 때시오. 석탄이 바닥날 때까지 말이오."

그리하여 헨리에타 호는 쉬지 않고 전속력으로 나아갔다. 이틀 뒤, 기관사가 그날 안에 석탄이 바닥날 거라고 알렸다. 포그는 아무런 반응도 보이지 않았다. 그러다가 정오 무렵 파스파르투에게 스피디 선장을 데려오라고 지시했다. 파스파르투는 내키지 않았지만, 하는 수 없이 선실로 내려가며 중얼거렸다.

"선장이 분에 못 이겨 길길이 날뛸 텐데……."

몇 분 뒤 스피디 선장이 무시무시한 욕설을 퍼부으며 갑판 위로 달려왔다. 폭발하기 일보 직전이었다.

"여기가 어디야?"

선장은 분노로 몸을 부들부들 떨며 내뱉었다. 잠시 후 다시 소리를 버럭 질렀다.

"여기가 어디냐니까?"

포그가 그지없이 차분한 목소리로 대답했다.

"리버풀에서 1,240킬로미터 떨어진 곳이오."

“이 도둑놈!”

“선장, 내가 당신을 부른 것은……..”

“이 날강도!”

포그는 아랑곳하지 않고 말을 이었다.

“내가 당신을 부른 것은 이 배를 나한테 팔라고 부탁하고 싶어서요.”

“싫소!”

“난 이 배를 태워 버릴 작정이오.”

“뭐? 내 배를 태워 버린다고?”

“그렇소, 목재 부분만이라도 태워야겠소. 석탄이 다 떨어져서 말이오.”

“내 배를 태운다고!”

스피디 선장이 소리쳤다. 그는 이제 말을 잇기도 힘들 만큼 화가 나서 씩씩거렸다.

“오만 달러나 되는 이 배를!”

포그가 그에게 돈뭉치를 내밀며 말했다.

“여기 육만 달러를 드리겠소.”

이 엄청난 돈을 보고 마음이 흔들리지 않는다면 미국인이 아닐 것이다. 뜻밖의 제안에 스피디 선장의 분노와 불만은 봄눈 녹듯 순식간에 사라져 버리고 말았다. 어차피 20년이나 된 배였다. 사실 그 가격에 팔기도 어려웠다. 스피디 선장은 기이할 정도로 상냥해진 목소리로 물었다.

"그럼 남는 강철 선체는 내가 가져도 좋소?"

"그렇소, 남는 부분은 모두 가지시오."

"그렇다면, 좋소이다."

스피디 선장은 돈뭉치를 재빠르게 낚아챘다.

이 대화가 이어지는 동안 파스파르투의 얼굴은 새하얗게 질려 버렸다. 픽스는 심장이 멎는 것 같았다. 포그는 육만 달러를 주고도 남은 강철을 선장에게 넘기기로 했다. 배에서 돈이 되는 것은 강철로 만들어진 선체와 기계들뿐인데 말이다. 지금까지 날아간 돈은 어림잡아도 족히 이만 파운드 가까이 되었다. 은행에서 도둑맞은 돈은 오만 오천 파운드였다!

스피디 선장은 꼼꼼하게 돈을 다 세어 본 후 주머니에 집어넣었다. 그러자 포그가 말했다.

"선장, 이 말을 들으면 내 상황을 좀 이해할지 모르겠소. 나는 12월 21일 저녁 8시 45분까지 런던에 도착하지 않으면 이만 파운드를 잃게 되오. 뉴욕에서 정기 여객선을 놓쳤는데, 선장이 리버풀까지 태워 줄 수 없다고 하는 바람에……."

스피디 선장은 말을 잘랐다.

"싫다고 하길 잘했소이다. 덕분에 육만 달러를 벌었으니 말이오. 배를 수리한다 해도 줄잡아 사만 달러는 남길 수 있겠군."

"그럼 이제 이 배는 내 거요?"

"물론이오, 돛대 꼭대기에서 바닥까지 모두 당신 거요. 목재 부분만 그렇다는 말이오."

"좋소, 그럼 내부 설비를 모두 부수고 그걸로 불을 때겠소."

증기 압력을 충분히 얻으려면 나무가 얼마나 많이 필요할지 짐작이 갈 것이다. 선실, 갑판, 선원들의 숙소가 모두 사라졌다. 다음 날인 19일에는 돛대가 전부 재로 변했다.

12월 20일이 되자, 배에서 목재 부분은 하나도 찾아볼 수 없게 되었다. 헨리에타 호는 앙상한 뼈대만 남아 마치 폐선처럼 보였다. 하지만 그날 아일랜드의 해안이 시야에 들어왔다.

밤 10시에는 퀸스타운 앞바다로 들어섰다. 포그에게 남은 시간은 이제 단 하루뿐이었다. 그런데 헨리에타 호가 리버풀까지 가는 데만도 꼬박 하루가 걸릴 터였다. 게다가 연료도 거의 바닥이 난 상태였다.

포그의 계획에 흥미를 갖게 된 스피디 선장이 말했다.

"선생, 정말 유감스럽소이다. 이렇게 왔는데 도움이 못 되었군요. 이제 겨우 퀸스타운에 와 있으니……."

"아, 저기 불빛이 반짝거리는 곳이 퀸스타운이오?"

"그렇소."

"저 항구에 들어갈 수 있겠소?"

"아마 3시간 후에나 가능할 거요. 만조나 돼야 들어갈 수 있으니까."

"그럼 기다립시다."

포그는 태연하게 대답했다. 역경을 이겨 낼 좋은 방법이 떠올랐지만 내색은 하지 않았다.

퀸스타운은 아일랜드 해안에 있는 항구 도시로, 미국에서 오는 증기선들이 우편물을 내려놓고 가는 곳이었다. 이 우편물들은 항상 대기하고 있는 급행열차 편으로 더블린까지 운반되었다. 더블린에서 리버풀까지는 쾌속선으로 운반되는데, 이 배를 타면 가장 빠른 여객선보다 12시간이나 빨리 리버풀에 도착할 수 있었다.

포그는 그 12시간을 벌고 싶었다. 헨리에타 호를 타고 가면 다음 날 저녁에야 리버풀에 도착하겠지만, 쾌속선을 이용하면 낮 12시까지 도착할 수 있었다. 그러면 런던에는 저녁 8시 45분까지 충분히 돌아갈 수 있을 것이었다.

새벽 1시쯤 만조가 되자, 헨리에타 호는 퀸스타운 항구에 들어갔다. 스피디 선장이 허물없는 친구를 대하듯 손을 내밀자 포그는 힘차게 악수를 나눈 뒤, 배를 돌려주었다 선장은 자기가 판 것의 절반을 그대로 되돌려 받는 셈이었다.

포그 일행은 즉시 배에서 내렸다. 그 순간 픽스는 포그를 체포하고 싶은 욕망을 느꼈지만 그렇게 하지 않았다. 하지만 무엇 때문에? 혹시 마음을 바꾼 것일까? 아무튼 픽스는 그들과 행동을 함께했다.

새벽 1시 30분, 포그 일행은 퀸스타운 역에서 급행열차에 뛰어올라, 막 동이 터 올 즈음에 더블린에 도착했다. 그러고는 서둘러 그 이름 높은 쾌속선에 올라탔다.

12월 21일 오전 11시 40분, 포그는 리버풀 땅을 밟았다. 이제 런던은 6시간 거리였다. 그러나 바로 그 순간, 픽스가 다가와 포그의 어깨에 손을 얹고 체포 영장을 보이며 말했다.

"당신이 필리어스 포그 씨 확실하지요?"

"그렇소."

"여왕 폐하의 이름으로 당신을 체포합니다."

제 11 장
픽스가 발목을 잡다

필리어스 포그는 체포되었다. 그는 리버풀 세관의 유치장에서 그날 밤을 보낸 후, 이튿날 런던으로 이송될 예정이었다. 체포되던 순간, 파스파르투는 픽스에게 거칠게 달려들었지만 대기하고 있던 경찰들이 앞을 가로막았다. 아무것도 모르는 아우다는 눈앞의 광경에 기겁하며 어찌할 줄을 몰라 했다.

파스파르투가 아우다에게 상황을 설명해 주었다. 그녀의 생명을 구해 준 정직하고 용감한 신사가 도둑으로 몰려 체포되었다고. 아우다는 그런 터무니없는 누명에 강하게 항의했지만 속수무책이었다. 그녀는 은인을 구할 방도가 아무것도 없다는 것을 깨닫고는 하염없이 눈물만 흘렸다.

픽스로서는 자신의 임무를 다했을 뿐이다. 포그가 유죄인지 무죄인지는 법정에서 판단할 문제였다. 파스파르투는 이 불행한 사태가 모두 자기 때문이라는 생각이 들어 괴로움을 참을 수 없었다.

'왜 주인님한테 숨겼을까? 픽스가 자신의 정체를 밝히고 계획을 털어놓았을 때, 왜 주인님한테 알리지 않았던 걸까? 주인님이 미리 알았더라면 무죄라는 것을 얼마든지 증명해 보였을 텐데……. 아니, 적어도 여비까지 대 주면서 그를 데리고 오지는 않았을 것 아닌가!'

파스파르투는 자신의 어리석음을 한탄하면서 애처롭게 눈물을 흘렸다. 보고 있기가 안쓰러울 지경이었다. 날씨가 몹시 추웠지만, 아우다와 파스파르투는 세관의 현관 앞을 지키고 서 있었다. 도저히 그곳을 떠날 수가 없었다.

포그는 승리를 눈앞에 두고 모든 걸 잃어버리고 말았다. 그는 12월 21일 오전 11시 40분에 리버풀에 도착했다. 개혁 클럽에 돌아가야 하는 8시 45분까지는 정확하게 9시간 5분이 남아 있었고, 런던까지는 6시간이면 갈 수 있었다.

유치장에 갇힌 포그는 어떻게 되었을까? 그는 분노를 터뜨리기는커녕 더없이 차분한 모습으로 조용히 나무 의자에 앉아 있었다. 그 침착한 모습을 보았다면 누구든 놀라지 않을 수 없었을 것이다. 그는 그저 기다리고 있었다. 무엇을? 무작정 기다리다 보면 풀려날 방도가 생겨나, 내기에서 이길 수 있을 것이라는 희망이라도 품고 있었던 걸까?

포그는 탁자 위에 조심스럽게 회중시계를 올려놓고, 시계 바늘을 뚫어지게 바라보았다. 어떤 식으로 생각해도 그의 입장은 절망적이었다. 포그가 무슨 생각을 하고 있는지 모르는 사람이라면 상황을 이렇게 정리했을 것이다.

정직한 남자 필리어스 포그가 전 재산을 잃게 되었다.
정직하지 못한 남자 필리어스 포그가 체포되었다.

감옥을 탈출할 궁리를 하지는 않았을까? 아마 해 보았을 것이다. 방 안을 한 바퀴 돌아보며 구석구석 살폈으니까. 그러나 문은 꼭 잠겨 있었고, 창문은 아예 열리지도 않았다. 그는 다시 자리에 앉았다.

유치장의 괘종시계가 1시를 알렸다. 포그는 자기 회중시계가 괘종시계보다 2분 빠르다는 사실을 발견했다. 얼마 후 시계의 종이 2시를 쳤다. 지금이라도 기차를 탄다면 8시 40분까지 개혁 클럽에 도착할 수 있을 것이다.

2시 32분, 밖이 소란스러워지더니 파스파르투의 큰 목소리가 들려왔다. 포그의 눈이 반짝 빛났다. 이윽고 유치장 문이 열렸다. 아우다와 파스파르투, 그리고 픽스가 한꺼번에 넘어질 듯 달려 들어왔다. 픽스는 머리카락이 엉망으로 헝클어져 있었다. 그는 숨을 헐떡거리며 간신히 입을 떼었다.

"포그 씨……, 죄송합니다……. 용서해 주십시오……. 너무 닮아서…… 오해를 했습니다……. 그 도둑이 사흘 전에 잡혔다고 합니다……. 포그 씨, 이제…… 나가셔도 좋습니다!"

포그는 자유의 몸이 되었다. 그는 픽스에게 다가가서 잠시 무섭게 노려보더니, 번개같이 재빠르게 주먹을 날려 픽스를 때려 눕혔다. 지금까지 그에게서 한 번도 볼 수 없었던 날쌘 동작이었다.

바닥에 쓰러진 픽스는 아무 말도 하지 못했다. 그는 마땅한 벌을 받았을 뿐이었다. 포그는 아우다와 파스파르투를 데리고 밖으로 나왔다. 그들은 즉시 마차를 잡아 타고 불과 몇 분 만에 리버풀 역에 도착했다.

포그는 런던행 급행열차가 있는지 물어보았다. 그때 시간이 오후 2시 40분이었다. 급행열차는 35분 전에 출발했다고 했다. 그러자 포그는 임시 열차를 주문했다. 이런 경우를 위해 증기 압력을 올려놓은 기관차가 몇 대 대기하고 있었다. 그러나 출발 준비를 위해 최소한의 시간은 필요했기 때문에 3시 이전에는 떠날 수가 없었다.

오후 3시, 포그 일행은 런던을 향해 전속력으로 달리는 기차 안에 앉아 있었다. 포그는 출발에 앞서, 기관사에게는 빨리만 달려 주면 두둑한 사례가 있을 것이라고 미리 귀띔해 두었다. 리버풀에서 런던까지 5시간 안에 주파해야 했다. 가는 내내 철로가 비어 있다면 불가능한 일은 아니었다. 하지만 기차는 불가피한 사정으로 몇 번이나 멈춰 서야 했다. 그리하여 포그가 런던역에 들어섰을 때는 모든 시계가 8시 50분을 가리키고 있었다. 포그는 마침내 세계 일주에 성공했다. 하지만 5분이 늦었다. 그는 내기에 졌다.

다음 날, 새빌로 거리에 사는 사람들이 포그가 돌아왔다는 소식을 들었다면 깜짝 놀랐을 것이다. 문과 창문이 여전히 굳게 닫혀 있어서, 집 안에는 아무도 없는 것처럼 보였기 때문이다. 전날 밤 포그는 역에서 나오면서 파스파르투에게 음식을 좀 사 오라고 이르고는 곧바로 집으로 들어가 버렸다.

포그는 이 마지막 타격마저 여느 때처럼 담담하게 받아들였다. 모든 것을 잃었다! 이 모두가 그 엉터리 형사의 어처구니없는 실수 때문이었다. 온갖 어려움과 위험을 극복하고, 그 와중에도 선행을 베풀면서 힘든 여정을 잘 치러냈다. 그런데 성공을 눈앞에 둔 마지막 순간에 전혀 예상치 못한 일로 여행은 실패하고 말았다. 너무나 가혹한 일이었다.

여행을 떠날 때 가지고 간 돈도 이제 몇 푼밖에 남지 않았다. 베어링 은행에 맡겨 둔 이만 파운드가 그의 전 재산이지만, 이

마저도 개혁 클럽의 동료들 몫이었다.

여행 경비로 엄청난 돈을 써 버렸기 때문에 설령 내기에서 이 겼다 하더라도 그가 부자가 되는 것은 아니었다. 사실 포그는 명예를 위해 내기를 한 것이지, 애초부터 이겨서 돈을 벌겠다는 생각은 없었다. 그렇지만 내기에서 졌으니 빈털터리가 되고 말 았다. 어쨌든 포그는 이미 마음을 정리했다. 그는 앞으로 어떻게 해야 할지 잘 알고 있었다.

그는 새빌로 가의 저택에 아우다의 방을 마련해 주었다. 아우 다는 너무도 태연한 포그의 모습에 가슴이 저미는 듯했다. 파스 파르투도 걱정을 떨쳐 버릴 수가 없어서, 주인의 행동 하나하나 를 조심스레 지켜보았다. 밤이 지나가고 있었다. 포그는 잠자리 에 들었지만, 과연 잠을 이룰 수 있었을까? 아우다는 뜬눈으로 밤을 새웠고, 파스파르투는 충직한 개처럼 밤새 주인의 방문 앞 을 지켰다.

이튿날 아침 포그는 파스파르투를 불러 아우다의 아침 식사 를 준비하라고 일렀다. 그러고는 자기는 정리할 일이 있어서 식 사를 함께 할 수 없으니 아우다에게 양해를 구한 후, 저녁때 잠 시 이야기를 나누고 싶어 한다는 말을 전하라고 했다.

파스파르투는 주인의 지시를 따르지 않을 수 없었다. 그는 여 전히 담담한 주인의 얼굴을 물끄러미 바라보았다. 아무래도 섭 사리 발걸음이 떨어지지 않았다. 그들의 모험이 이처럼 슬프게 끝난 것이 모두 자기 탓인 것만 같아 가슴이 찢어지는 것 같았다. 픽스의 정체를 미리 알렸다면 주인은 그자를 리버풀까지 데리고 오지 않았을 테고, 그랬다면…….

파스파르투는 더 이상 참을 수가 없었다.

"주인님! 제 탓입니다. 전부 제 탓이에요. 제가……."

포그는 그 어느 때보다도 침착하게 말했다.

"그 누구의 탓도 아닐세. 이제 그만 가 보게나."

파스파르투는 방을 나와 아우다에게 갔다. 주인의 뜻을 전하자 아우다가 말했다.

"파스파르투, 부탁이에요. 포그 씨를 혼자 내버려 두지 마세요. 잠시도요……. 그런데 그분이 나한테 할 말이 있다고 하셨단 말이죠?"

"네, 제 생각엔 부인께서 영국에서 무사히 지낼 수 있도록 계획을 세우시는 것 같아요."

"그럼 기다리고 있을게요."

낮 동안 새빌로 가의 저택은 아무도 살지 않는 것처럼 조용했다. 포그는 이 집에서 살기 시작한 후 처음으로 클럽에 나가지 않았다. 무엇 때문에 클럽에 가겠는가? 동료들이 그를 기다리고 있지도 않을 터인데 말이다. 어젯밤, 그러니까 12월 21일 토요일 8시 45분까지 클럽에 나타나지 못했으니, 그는 결국 내기에서 진 셈이었다. 그래서 하루 종일 외출도 하지 않고 방 안에만 틀어박혀 있었다.

저녁 7시 30분, 포그는 파스파르투에게 아우다를 만나러 가도 좋은지 물어보라고 했다. 잠시 후 두 사람은 아우다의 방 안에서 탁자를 가운데 두고 마주 앉아 있었다. 포그는 한동안 말없이 바닥만 내려다보고 있다가, 이윽고 고개를 들어 아우다를 바라보며 입을 열었다.

"아우다 부인, 부디 저를 용서해 주시겠습니까? 당신을 영국으로 데려온 것 말입니다. 그 나라가 당신한테는 너무 위험하다는 생각이 들어서 데리고 나왔지요. 그때만 해도 저는 부자였습니다. 제 재산의 일부를 당신한테 나누어 줄 작정이었어요. 정말로 그렇게 되었다면 당신은 이곳에서 행복하고 자유롭게 살 수 있었을 겁니다. 그런데…… 저는 이제 빈털터리가 되고 말았습니다."

"알아요, 포그 씨. 이번에는 제 질문에 답해 주세요. 당신을 따라오는 바람에 여행하는 내내 걸림돌이 되다가, 결국에는 파산에 이르게 한 저를 용서해 주시겠어요?"

"당신은 인도에 남아 있을 수 없었습니다. 살기 위해서는 떠날 수밖에 없었지요."

"포그 씨, 당신은 끔찍한 죽음에서 절 구해 주신 것만으로는 부족해서, 제 앞날까지 돌봐야 한다고 생각하신 건가요?"

"그랬습니다만 운이 나빴습니다. 이렇게 되고 말았으니까요.

어쨌든 조금이나마 남은 돈을 당신을 위해 쓰고 싶습니다.”

“당신은 어떻게 하시려고요?”

“전 아무것도 필요 없습니다.”

“무슨 계획이라도 있으세요?”

“어떻게든 되겠지요.”

“그래도 당신 같은 분이 정말로 어려운 처지에 빠지지는 않을 거예요. 친구 분들도 있으실 거고……”

“저는 친구가 없습니다.”

“그럼 가족이나 친척 분들이……”

“가족도 친척도 없습니다.”

“괜한 말을 했나 보군요. 혼자라는 건 서글픈 일인데……. 두 사람이 함께라면 어떤 불행도 견딜 수 있다는 말이 있잖아요.”

“그렇게들 말하지요.”

갑자기 아우다가 자리에서 일어나 손을 내밀며 말했다.

“포그 씨, 당신의 친구이자 가족으로 절 맞아 주지 않으시겠어요? 아내로 말이에요.”

그 말에 포그는 깜짝 놀라 벌떡 일어났다. 순간 그의 눈이 반짝거리며 빛을 발했고, 입술이 가늘게 떨렸다. 아우다는 사랑이 담긴 눈으로 그를 바라보고 있었다. 포그는 자신의 마음을 파고드는 그 눈빛을 막아 보려는 듯 잠시 눈을 감았다. 그러더니 다시 눈을 뜨고 말했다.

"당신을 사랑합니다. 이 세상에서 가장 신성한 모든 것들에 맹세합니다. 저는 당신을 사랑하고, 저의 모든 것은 당신의 것입니다!"

아우다는 가슴에 손을 얹고 한숨을 내쉬었다.

"아……, 포그 씨……."

포그는 파스파르투를 불렀다. 즉시 달려온 파스파르투는 주인과 아우다가 손을 잡고 있는 모습을 보고는 단박에 상황을 알아차렸다. 그의 얼굴에 기쁨이 가득 피어올랐다.

포그가 물었다.

"파스파르투, 새뮤얼 윌슨 목사를 찾아가서 결혼식 준비를 해 달라고 부탁하기에는 지금이 너무 늦은 시각인가?"

파스파르투는 싱긋 웃었다.

"천만에요, 절대 늦지 않았습니다."

그때가 8시 5분이었다. 파스파르투가 물었다.

"그럼 결혼식은 내일, 그러니까 월요일에 하는 것으로 전하겠습니다."

포그는 아우다를 바라보며 물었다.

"내일, 월요일에 괜찮겠소?"

그녀가 대답했다.

"네, 좋아요!"

파스파르투는 득달같이 밖으로 뛰어나갔다.

제 12 장

세계 일주로 얻은 소중한 것

12월 21일 토요일 저녁 8시, 다섯 명의 신사가 개혁 클럽에 모여 있었다. 그들은 9시간 전부터 그곳에 모여 약속한 시간이 되기를 기다렸다. 그날 펠맬 가의 개혁 클럽 주변 곳곳은 엄청난 인파로 가득 찼다. 포그가 도착해야 할 시간이 가까워오자 군중들은 점점 더 흥분에 휩싸였다.

시계가 8시 25분을 가리키자 스튜어트가 일어나서 말했다.

"포그가 20분 내에 나타나지 않으면 우리가 내기에서 이기게 되는군."

플래너건이 물었다.

"리버풀에서 오는 마지막 기차가 몇 시에 도착하는가?"

랠프가 대답했다.

"7시 23분에 도착하네. 그다음 기차는 자정을 지나 12시 10분에 도착하고."

스튜어트가 말했다.

"포그가 7시 23분에 도착하는 기차를 탔다면 벌써 여기에 나타나고도 남았을 것이네. 우리가 내기에서 이겼다고 봐도 괜찮을 것 같군."

폴런틴이 끼어들었다.

"그래도 기다려 봐야 하네. 포그 그 친구는 매사에 아주 정확한 사람이라는 걸 알지 않는가. 어디를 가든 너무 일찍 도착하거나 너무 늦게 도착하는 법이 없다니까. 정확히 45분에 꼭 맞춰 나타난다 해도 전혀 놀랄 일이 아니지."

스튜어트는 신경질적으로 말했다.

"나는 사실, 그 친구를 본다 해도 믿지 못할 것 같네. 애초에 불가능한 계획이었으니까 말이야. 포그는 확실히 졌네. 미국에서 출발해 제시간에 도착하려면 차이나 호를 탔어야 해. 그 배는 어제 리버풀에 도착했네. 여기 그 배의 승객 명단이 있는데 아무리 찾아봐도 필리어스 포그라는 이름은 없지 않은가. 내 생각에는 아직 미국에도 도착하지 못한 게 아닌가 싶네. 그렇다면 적어도 20일은 늦을 거야."

설리번이 맞장구를 쳤다.

"그 말이 맞네. 내일 우리 모두 베어링 은행으로 가서 돈이나 찾아오면 될 걸세."

시계는 8시 40분을 가리키고 있었다. 앤드루 스튜어트가 작은 목소리로 말했다.

"5분 남았군."

그들은 서로의 얼굴을 바라보았다. 그들의 심장은 아마 평소보다 약간 빠르게 뛰고 있었을 것이다. 내기라면 나름대로 한다 하는 사람들이 보기에도 이번 내기에는 워낙 엄청난 돈이 걸려 있었기 때문이다. 휴게실은 몹시 조용했다. 밖에서 군중들이 웅성거리는 소리가 방 안의 정적을 더해 주는 것 같았다.

어느덧 시계는 8시 44분을 가리키고 있었다. 1분만 지나면 내기에서 이길 수 있었다. 그들은 초를 헤아리기 시작했다. 40초가 지나도 아무 일이 일어나지 않았다. 50초를 지날 때도 아무 일이 없었다.

55초가 되었다. 갑자기 문 밖에서 요란한 함성이 들려왔다. 사람들의 환호성이었다. 57초에 방문이 열렸고, 초침이 60초를 가리키기 직전에 포그가 나타났다. 엄청난 인파가 그를 따라 건물 안으로 밀고 들어왔다. 포그는 평소와 같이 담담한 목소리로 말했다.

"내가 왔네."

정말이었다! 그는 필리어스 포그였다.

8시 5분에 포그는 다음 날 결혼식을 치르는 문제 때문에 파스파르투를 새뮤얼 윌슨 목사에게 보냈다. 이때는 그들이 런던에 도착한 지 23시간이 지난 뒤였다.

주인의 심부름을 맡은 파스파르투는 몹시 기뻐하며 집을 나섰다. 그런데 새뮤얼 윌슨 목사는 집에 없었다. 당연히 파스파르투는 목사가 오기를 기다렸다. 아마 20분 이상은 기다렸을 것이다.

파스파르투가 목사의 집에서 나온 것은 8시 35분이었다. 하지만 이때 그가 어떤 상태였는지는 설명하기 힘들다. 머리카락은 온통 헝클어지고, 모자는 어디론가 달아나고 없었다. 하여간 그는 숨이 턱에 차도록 바람처럼 달렸다. 지금껏 누구도 그처럼 달린 사람은 없었을 것이다. 그는 사람들을 밀치고 쓰러뜨리며 정신없이 달린 끝에 3분 만에 새빌로 가의 저택에 도착했다. 그는 숨을 헐떡거리며 쓰러질 듯 포그의 방으로 들어섰다. 도저히 말이 나오지 않았다.

포그가 물었다.

"무슨 일인가?"

"주인님……, 결혼식은…… 안 됩니다."

"안 된다고?"

"안 됩니다……. 내일은…….."

"왜 안 된다는 건가?"

"내일은…… 일요일입니다!"

"월요일일세."

"아닙니다……. 오늘이 토요일이에요."

"토요일이라고? 그게 말이 되나!"

파스파르투가 소리쳤다.

"아니에요, 말이 됩니다, 된다고요! 우리가 날짜를 잘못 계산했어요. 런던에 하루나 일찍 도착했던 거라고요. 아, 그런데 이제 10분밖에 남지 않았어요!"

파스파르투는 주인을 무작정 방 밖으로 잡아 끌고 나왔다. 포그는 미처 생각할 겨를도 없이 끌려 나와 곧장 마차에 올라탔다. 파스파르투가 상황이 얼마나 급박한지 설명하자, 포그는 마부에게 백 파운드를 줄 테니 무조건 달리라고 했다. 마차는 강아지 두 마리를 치고 마차 다섯 대와 충돌하며 내달린 끝에 간신히 개혁 클럽에 도착했다.

포그가 개혁 클럽의 휴게실에 막 들어서는 순간, 시계는 8시 45분을 가리켰다. 포그는 세계 일주를 80일 만에 끝내고 돌아왔던 것이다. 그리고 이만 파운드를 건 내기에서 승자가 되었다.

하지만 포그처럼 정확하고 신중한 남자가 어떻게 그런 착각을 한 것일까? 그가 런던에 도착한 날은 실제로는 여행을 떠난 지 79일째 되는 12월 20일 금요일인데, 어찌하여 12월 21일 토요일이라고 생각한 것일까?

그 이유는 간단했다. 포그는 동쪽으로 여행을 했다. 그가 태양을 따라 나아가는 동안, 경도 1도를 지날 때마다 하루가 4분씩 짧아졌다. 지구의 둘레는 360도이므로 짧아진 4분을 곱하면 1,440분, 즉 24시간을 벌게 된 셈이었다. 다른 말로 하자면, 포그가 자기 머리 위로 지나는 태양을 80번 보는 동안 런던에 있던 개혁 클럽의 동료들은 79번밖에 못 본 것이었다.

이렇게 하여 그날, 일요일이 아닌 토요일에, 동료들이 포그를 기다리고 있었던 것이다. 만약 그가 서쪽으로 여행을 했다면 결과적으로 하루를 잃었을 것이고, 런던에도 하루 늦게 도착했을 것이다.

포그는 이만 파운드를 벌게 되었다. 하지만 여행을 하면서 이미 만 구천 파운드가량을 써 버렸기 때문에 이익은 얼마 되지 않았다. 그는 남은 천 파운드에서 반을 파스파르투에게 주었고, 나머지 반은 불운한 형사 픽스에게 주었다. 포그는 이미 픽스를 용서했다.

그날 밤 포그는 평소와 다름없이 담담한 목소리로 아우다에게 물었다.

"아직도 저와 결혼하고 싶으십니까?"

"포그 씨, 그걸 물어봐야 할 사람은 저예요. 당신은 빈털터리였다가 이제 다시 부자가 되었으니까요."

"아닙니다, 저의 재산은 모두 당신 겁니다. 당신이 만약 결혼 얘기를 하지 않았다면, 파스파르투를 새뮤얼 윌슨 목사에게 보널 일도 없었을 겁니다. 그럼 날짜 계산을 잘못했다는 것도 몰랐을 테지요. 그리고……."

아우다가 말했다.

"아, 사랑하는 포그 씨……."

"사랑하는 아우다……."

결혼식은 예정보다 이틀 늦게 올려졌다. 파스파르투는 신부의 들러리를 서는 영광을 누리고 기뻐서 어쩔 줄 몰라 했다.

이렇게 하여 포그는 80일간의 세계 일주를 성공적으로 끝마쳤다. 그는 여행을 성공적으로 해내기 위해 많은 돈을 쏟아 부었고, 온갖 종류의 교통 수단을 이용했다. 그런데 포그가 이 여행에서 얻은 것은 무엇이었을까?

얻은 것은 없다고 할지도 모르겠다. 맞는 말이다. 얻은 것은 없다! 다만 한 가지, 아름답고 사랑스러운 여인을 얻게 된 것을 뺀다면 말이다. 믿기지 않을지도 모르지만, 포그는 그녀를 만나 이 세상에서 가장 행복한 사람이 되었다.

사실 우리는 그보다 훨씬 하찮은 것을 위해서라도 기꺼이 세계 일주를 하지 않을까?

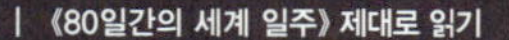

꿈을 실현하기 위해
상상 속으로
여행을 떠나다

전종옥 _ 서울 마곡중학교 국어 교사

여행이 나를 키운다,
여행으로 새롭게 태어난다

공항은 늘 사람들로 북적거린다. 여행이나 출장을 떠나는 사람들과 돌아오는 사람들, 그리고 그들을 배웅하고 마중하는 사람들로. 특히 연휴가 길어지거나 휴가철이 되면 공항은 더욱더 북새통을 이룬다. 교통 수단의 발달로 세상 어느 곳이든 발길이 닿을 수 있게 되면서, 사람들은 더 넓은 세상을 만나기 위해, 혹은 몸과 마음의 휴식을 얻기 위해 조금이라도 더 특별한 장소를 찾아 떠나려 한다.

작가 무라카미 하루키는 워낙 여행을 좋아해서 《하루키의 여행법》 서문에 "여행이 나를 키웠다."라고 밝힐 정도이다. 그는 종종 아무 계획도 없이 배낭 하나만 메고 훌쩍 떠나는 여행을 통해 "풍부한 정신적 고양과 판타지를 얻는다."고 한다. 여행은 그에게 눈물을 흘리게 하고 글을 쓰게 하며, 매번 새롭게 태어나게 한다는 것이다.

굳이 하루키처럼 거창한 의미를 담은 여행이 아니더라도 마음 편하게 떠나는 일이 생각만큼 쉽지만은 않다. 제아무리 열심히 계획을 세워도 여러 가지 현실적인 이유들로 계획에만 그치는 경우가 다반사다. 예전과 달리 요즘에는 학생들도 해외로 나갈 수 있는 기회가 많아졌다. 학기 중이나 방학 때나 가리지 않고 어학 연수를 가는 아이들이 부쩍 늘었기 때문이다. 그러다 보니 마음과 생각을 키우기 위해 떠나는 순수한 목적의 여행을 하기란 점점 더 꿈같은 일이 되어 버리고 있다.

무거운 배낭도 여행에서 느끼는 만족감을 방해하지는 못한다.

챗바퀴처럼 반복되는 지루한 일상에 변화와 활력을 불어넣을 수는 없을까? 당장 배낭을 메고 나서기 어렵다면, 쥘 베른의 '80일간의 세계 일주'에 동참해 보자. 책 속에 펼쳐진 다채로운 세상을 둘러보고, 흥미진진한 모험을 함께하다 보면 내 안에 잠자고 있던 도전 정신을 발견하게 될지도 모른다.

《80일간의 세계 일주》 표제지

이만 파운드를 걸고 세계 일주를 떠나다

새빌로 가 7번지에 사는 필리어스 포그는 개혁 클럽의 회원이라는 것 외에는 알려진 것이 거의 없는 영국 신사이다. 그는 시계처럼 정확하게 하루하루를 보내는 인물로, 물의 온도를 제대로 맞추지 못했다는 이유로 하인을 해고할 만큼 빈틈이 없다.

10월 2일, 여느 때와 다름없이 개혁 클럽에 간 포그는 동료들과 며칠 전 영국은행에서 일어난 오만 오천 파운드 도난 사건에 대해 이야기를 나누게 된다. 도둑이 잡힐 것이라느니 잡히지 않을 것이라느니 하며 옥신각신하던 끝에, 대화는 어느새 세계 일주를 하는 데 시간이 얼마나 걸릴까, 하는 것에 이르게 된다. 이 대화는 내기로 번져, 포그는 80일 만에 세계 일주를 할 수 있다는 데 이만 파운드를 걸겠다고 나선다. 그리고 그날 오전에 새로 고용한 쾌활한 하인 파스파르투와 함께 곧바로 여행을 떠난다.

포그와 파스파르투는 런던을 출발해 기차와 배를 타고 수에즈에 도착한다. 그곳에서는 픽스 형사가 영국은행의 절도범을 잡기 위해 기다리고 있다. 우연히 포그의 여권을 보게 된 픽스는 포그가 범인이라고 확신한다. 그는 체포 영장이 도착할 때까지 포그의 뒤를 쫓기로 결심하고는 포그를 따라 봄베이행 배를 탄다.

포그와 파스파르투는 봄베이에 도착하여 캘커타로 향하던 중, 산 채로 화장을 당할 위기에 처한 아우다 부인을 구하게 된다. 그

한 나라를 몰락으로 이끈 아편 전쟁

18세기 후반 중국의 청 왕조가 영국과 교역을 하게 된 후, 중국의 주요 수출품인 비단과 차(茶), 도자기 등이 영국에서 큰 인기를 끌었다. 그러나 영국은 약간의 모직물과 향료만을 수출할 뿐이어서 막대한 손실을 보게 되었다.

중국 무역의 독점권을 갖고 있던 영국의 동인도 회사는 이러한 적자를 만회하기 위해 인도에서 아편을 들여와 중국의 상인들에게 팔아넘겼다. 아편은 곧 중국 전역으로 퍼져 심각한 사회 문제를 일으켰다.

1840년에 발발한 아편 전쟁은 1842년 난징 조약을 맺으며 끝이 났다.

이에 청의 황제는 강경한 아편 금지론자인 임칙서를 흠차(欽差, 황제의 명령으로 보낸 파견인) 대신으로 임명하고 밀수를 뿌리 뽑으려 했다. 1840년 임칙서가 강제로 아편을 몰수하고 무역상들을 쫓아내자, 영국은 자국의 상인들을 보호한다는 빌미로 아편 전쟁을 일으켰다.

그러나 이미 부패할 대로 부패한 청 왕조는 영국과의 전쟁을 제대로 치러낼 수 없을 만큼 국력이 쇠약해진 상태였다. 청은 아편 전쟁에서 패해 영국과 난징 조약을 맺었고, 이후 미국, 프랑스 등과 연이어 불평등 조약을 맺게 되었다. 강제적으로 서구 열강에 문호를 개방하게 된 청 왕조는 결국 균열이 생겨 쇠락의 길로 들어서고 말았다.

아편을 피우며 시간을 보내는 중국인들

러고는 무사히 캘커타에 도착하여 아우다 부
인을 데리고 홍콩행 기선에 오른다. 픽스 역시
조심스레 그 뒤를 따른다.

파스파르투를 회유하여 정보를 캐내려
는 픽스

  홍콩에 도착한 포그 일행은 요코하마로 가는
배를 타려고 했으나, 픽스의 계략으로 파스파르
투가 사라지는 바람에 배를 놓치고 만다. 포그
는 큰돈을 들여 상하이까지 가는 조그마한 배를
구하고, 폭풍우와 싸우며 요코하마에 도착한다.
그리고 그곳에서 다행스럽게도 파스파르투를
다시 만나 미국 샌프란시스코로 향한다.

  미국 횡단 기차를 타고 뉴욕으로 가던 중 인디언들이 기차를
습격하는 일이 벌어진다. 그 일로 파스파르투가 인디언에게 붙
잡히게 되지만, 포그는 주저하지 않고 여행을 멈춘 후 인디언들
을 뒤쫓아 가 하인을 구한다.

  우여곡절 끝에 마침내 뉴욕에 도착했지만, 리버풀로 가는 배
는 이미 출발한 뒤였다. 엄청난 돈을 치르고 프랑스행 화물선에
몸을 실은 포그는 선원들을 회유한 후 괴팍한 선장을 가두어 버
리고는 리버풀로 향한다.

  배의 목재 부분까지 모두 뜯어 연료로 써 가며 겨우 영국 땅에
도착하는 찰나, 끈질기게 포그 일행을 따라다니던 픽스가 체포
영장을 내민다. 그날은 바로 내기를 마치기로 약속한 날짜인 12
월 21일이었다. 그러나 곧 영국은행 절도 사건의 진범이 잡혔다
는 소식이 전해지고, 포그 일행은 특급 열차를 빌리는 등 온갖 노
력을 다하지만 아쉽게도 5분 늦게 런던 역에 도착한다.

  하지만 포그는 내기에서 이겼다! 포그 일행은 지구의 자전 방
향인 동쪽으로 돌았기 때문에, 하루를 벌어 세계를 일주하는 데 80

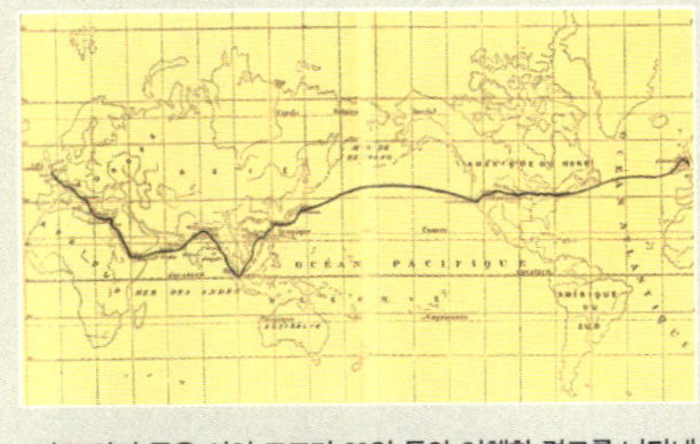

지도 안의 굵은 선이 포그가 80일 동안 여행한 경로를 나타내는 것이다.

일이 아니라 79일이 걸렸던 것이다.

나중에야 상황을 파악한 포그와 파스파르투는 부랴부랴 개혁 클럽으로 향하고, 이 세기의 내기를 구경하러 나온 사람들의 열렬한 환호를 받으며 약속 시간인 8시 45분, 개혁 클럽의 휴게실 문을 열고 당당히 들어선다. 그리고 이틀 후, 포그는 사랑하는 아우다 부인과 아름다운 결혼식을 올린다.

시대를 앞서 간 작가, 쥘 베른

쥘 베른은 1828년 프랑스 서부의 항구 도시 낭트에서 태어났다. 증조할아버지 때부터 대대로 법조계에서 일해 온 집안 내력 때문인지, 변호사였던 아버지는 아들이 자신의 뒤를 잇기를 바랐다. 그러나 베른은 어린 시절부터 바다와 그 너머에 있는 미지의 땅을 동경했다.

그 당시 낭트는 쉴 새 없이 배가 드나드는 커다란 항구였다. 온갖 이국적인 풍경과 낯선 사람들은 상상력이 풍부한 소년에게 배를 타고 먼 나라로 떠나는 꿈을 꾸게 했다. 베른은 항상 모험을 꿈꾸며 《로빈슨 크루소》나 《스위스의 로빈슨 가족》 같은 모험 소설을 즐겨 읽었다.

스무 살이 되던 해인 1848년, 베른은 법학을 공부하기 위해 파리로 갔다. 그러나 삼촌의 소개로 문학 살롱에 드나들게 되면서 법학보다는 문학에 심취하게 되었다. 1851년 법률 공부를 마친

《80일간의 세계 일주》, 책으로만 보면 섭섭하지!

'전 세계에서 가장 많이 읽히는 책을 펴낸 작가'라는 수식어가 늘 따라붙는 쥘 베른. 《80일간의 세계 일주》를 비롯해서 《해저 2만 리》, 《15소년 표류기》 등 우리나라에도 알려진 작품이 많지만, 그만큼 세계 여러 나라 말로도 수없이 번역되어 독자들의 사랑을 듬뿍 받았다는 뜻이다. 게다가 세계 각국에서 영화로 제작된 것만도 백여 편이 넘는다. 쥘 베른의 상상력은 현실 이상의 것을 보여 주고 싶어 했던 영화감독들에게 마르지 않는 영감의 원천이라도 되었던 것일까.

2004년에 제작된 영화 〈80일간의 세계 일주〉

《80일간의 세계 일주》 역시 여러 차례 영화와 TV 드라마, 연극 등으로 만들어졌다. 가장 최근에 제작된 작품은 2004년 미국 디즈니 사가 제작한 영화이다. 프랭크 코라치 감독이 연출한 이 작품에는 홍콩 출신의 세계적인 배우 성룡이 파스파르투로 등장하여 색다른 재미를 안겨 준다. 그래서인지 포그가 아니라 사실상 파스파르투에게 초점을 맞춘 영화라고 할 수 있다.

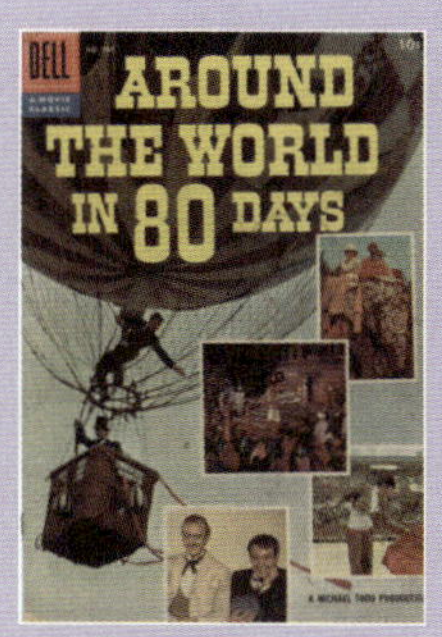

1956년 영화 포스터와 주인공인 데이비드 니분과 셜리 맥클레인

가장 최근에 만들어진 만큼 화려한 볼거리와 과거와 미래가 공존하는 듯한 새로운 분위기가 눈길을 끌었지만, 원작의 이름만 빌린 형편없는 졸작이라는 비판을 더 많이 받은 작품이다.

영화 〈80일간의 세계 일주〉 중에서 단연 손꼽히는 작품은 1956년에 마이클 앤더슨 감독이 만든 영화이다. 데이비드 니분이 콧대 높은 발명가 포그 역을, 셜리 맥클레인이 아우다 역을 맡았다.

이 작품은 당대의 흥행사였던 마이클 토드가 제작을 맡은 것으로도 유명하다. 마이클 토드는 엄청난 제작비를 들여 세계 각국의 특징을 실감나게 표현하였고, 35,000여 벌이 넘는 의상을 제작했다고 한다. 또한 '카메오'라는 용어를 탄생시킨 영화답게 프랭크 시나트라, 마를렌 디트리히, 트레버 하워드 등 유명한 배우들이 깜짝 출연하였다.

원작의 흥미진진함을 고스란히 살린 노력 덕분에 그해 아카데미 작품상을 비롯해 촬영상, 편집상 등 다섯 개 부문을 수상하였고, 흥행 면에서도 엄청난 성공을 거두었다.

쥘 베른

오노린 베른의 초상화

후로는 문학의 길을 가기로 결심하고, 연극 대본을 꾸준히 쓰고 많은 책을 읽으면서 미래를 준비하였다.

1856년에 친구의 결혼식에서 신부의 언니인 오노린 드 비안을 만나 사랑에 빠졌다. 당시 스물여섯 살이었던 오노린은 두 아이가 딸린 과부였다. 이듬해 1월 두 사람은 결혼식을 올렸고, 그후 베른은 처남의 소개로 증권 거래소에서 일하면서 〈가족 박물관〉이라는 잡지에 소소한 글들을 발표했다.

1862년, 서른네 살의 베른은 사진 작가이자 저널리스트인 나다르가 제작한 기구 '거인 호'에서 영감을 얻어 〈항공 여행〉이라는 작품을 썼다. 그러나 이 작품을 출판하겠다고 나서는 곳은 어디에도 없었다. 그때 운명처럼 평생의 후원자를 만나게 되었다. 그는 바로 작가이자 출판인인 피에르 쥘 에첼이었다.

눈 밝은 에첼은 베른의 허술한 첫 작품에서 그가 가진 독특한 세계와 가능성을 간파하였다. 베른은 에첼의 조언을 받아들여 〈항공 여행〉에 수정에 수정을 거듭한 끝에, 마침내 1863년《기구를 타고 5주일》이라는 제목으로 책을 내고 커다란 성공을 거두었다. 이렇게 맺어진 두 사람의 관계는 에첼이 세상을 떠난 1886년까지 변함없이 계속되었다.

에첼의 도움으로 순식간에 인기 작가가 된 베른은 '경이의 여행(Voyages extraordinaires)' 시리즈라고 일컬어지는 작품들을 일 년에 한 편 이상씩 이십여 년 동안 꾸준히 발표하였다. 그리하여 《달세계 일주》,《해저 2만 리》,《지구 속 여행》,《15소년 표류기》와 같은 걸작들이 탄생하게 되었다.

1872년 〈르 탕〉지에《80일간의 세계 일주》가 연재되기 시작하

쥘 베른의 든든한 후원자 에첼

피에르 쥘 에첼(Pierre-Jules Hetzel, 1814~1886)이 없었다면 베른이 한 세기를 빛낸 위대한 작가로 남을 수 있었을까?

1859년 베른은 자신에게 충고와 조언을 아끼지 않았던 알렉상드르 뒤마(《춘희》를 쓴 아들 뒤마)의 소개로 에첼을 만나게 된다. 에첼은 종교와는 아무런 관련이 없는 무상 의무 교육의 필요성을 역설하던 사람으로, 교육을 통해 청소년들에게 과학과 역사 분야의 새로운 지식을 가르치고 자유로운 시민으로 자라날 수 있도록 해야 한다고 믿었다.

피에르 쥘 에첼

그는 빅토르 위고나 조르주 상드, 발자크 같은 위대한 작가들의 책을 펴내는 동시에 아동 도서 출판에 힘을 쏟았다. 1862년 청소년용 잡지인《교육과 오락》을 창간하면서 자신이 원하는 방식의 새로운 작품들을 베른이 창조해 낼 수 있으리라 기대했다. 에첼의 예상은 정확하게 들어맞았고, 총 62편으로 이루어진 '경이의 여행' 시리즈 중 40편이 이 잡지에 연재된 후 책으로 출간되었다.

베른의 작품이 청소년뿐만 아니라 부모들에게도 열광적인 반응을 얻자, 에첼은 책을 단순히 '읽는 것'을 넘어 '소장용'으로 만들어 보기로 하였다. 양장본으로 세련되고 고급스럽게 만든 베른의 책들은, 그 책을 읽는 독자를 단숨에 고급 독자로 만드는 효과를 주어 엄청난 인기를 끌었다.

아무리 위대한 작가라 해도 최고의 파트너와 평생토록 함께 일하는 행운을 얻기란 하늘의 별 따기처럼 어려운 법. 쥘 베른의 성공은 아마도 에첼이라는 걸출한 출판인이 있었기에 더 빛나는 것이 아닐까.

《해트라 선장의 여행과 모험》(1866)과 《15소년 표류기》(1888)의 양장본

자, 유럽과 미국의 독자들은 열광적인 반응을 보였다. 이 작품 역시 엄청난 성공을 거두었고, 곧 연극으로 각색되어 큰 인기를 끌었다. 이후 발표된《신비의 섬》,《황제의 밀사》등도 차례로 베스트셀러가 되었다.

2005년은 쥘 베른이 타계한 지 100주기가 되는 해였다. 100주기를 기념하여 만든 기념 주화. 주화마다 쥘 베른이 쓴 작품의 특징을 살려냈다.

베른이 쓴 소설은 항상 그 시대보다 한 걸음 앞서 있었다. 비행기와 잠수함, 로켓 등은 모두 그것이 발명되기 훨씬 전에 그의 작품에 등장했다. 그리고 《달세계 일주》가 발표되고 백 년이 지난 후에, 인류는 정말로 달에 발을 내딛었다. 그래서 "20세기의 과학은 베른의 꿈을 뒤쫓아서 발달했다."고 말하는 사람들까지도 있다.

베른의 소설은 단순히 상상과 공상에만 기댄 것이 아니라, 올바른 과학적 지식을 바탕에 두고 있었다. 그는 끊임없이 연구하는 노력가였다. 작품을 쓰기 전에 몇 번이고 도서관과 박물관을 찾아가 온갖 자료들을 끌어 모았고, 학계의 전문 잡지를 샅샅이 훑어보고 기록했다. 이러한 남다른 노력이 있었기에 '공상 과학 소설(SF, Science Fiction)의 선구자'로 존경을 받을 수 있었던 것이다.

1886년 3월 베른은 조카가 쏜 총에 맞아 다리를 절게 되면서 정신적 충격을 심하게 받았다. 엎친 데 덮친 격으로, 일주일 후 에첼이 갑작스레 세상을 떠나자 더할 수 없이 큰 상실감에 빠졌다. 이후부터 그의 작품 경향도 달라져, 《카르파티아의 성》, 《깃발을 바라보며》 등과 같은 후기 작

베른은 1871년부터 아내의 고향인 아미앵에 정착하여 평생을 그곳에서 지냈다.

베른의 집은 현재 '쥘 베른 박물관'이 되었다. 지구를 형상화한 지붕의 모양이 상당히 인상적이다.

품에서는 과학에 대한 찬미와 함께 회의와 불안감이 드러나기 시
작했다.

오래전부터 앓던 당뇨병이 악화되기 시작한 데다 총상을 입
어 다리까지 불구가 되었지만, 그의 창작열은 결코 식지 않았다.
그러나 1905년 3월 25일, 당뇨병이 악화되어 쓰러진 베른은 다
시 일어나지 못하고 일흔일곱의 나이로 영원히 눈을 감고 말았
다. 80일 만에 세계 일주를 마친 필리어스 포그처럼 팔십 편의 작
품을 남긴 채. 그의 작품은 지금 이 순간에도 전 세계에서 수많은
애독자를 열광시키고 있다.

낙관적인 미래의 반영, 세계 일주

《80일간의 세계 일주》는 필리어스 포그와 충직한 하인 파스
파르투가 80일 동안 세계 일주를 하면서 겪은 다양한 사건과 모
험을 다루고 있다. 이 작품은 경이의 여행 시리즈의 다른 어느 작
품보다도 현실적으로 일어날 수 있을 법한 내용에 경쾌한 유머,
흥미진진한 모험, 그리고 기막힌 반전이
담긴 결말로 발표되자마자 큰 인기를 끌
었다.

〈르 탕〉지에 연재될 당시에는 이 작품
의 인기 덕분에 신문이 불티나게 팔릴
정도였다고 한다. 독자들은 포그가 80일
안에 세계를 일주할 수 있을까를 두고
진지하게 토론을 하였고, 심지어는 실제
로 내기를 거는 사람도 있었다고 한다.

쥘 베른을 기념하여 만든 우표

이 작품은 베른의 작품 중에서 가장 많은 사랑을 받아 그가 살아 있을 때만 십만 부(당시에는 어마어마한 판매 부수였다.)가 넘게 팔렸다.

이 작품의 배경을 이루는 19세기 후반은 과학 기술과 산업이 눈부시게 발달한 시기였다. 철도가 대륙을 가르고 증기선이 바다를 누비면서 여행에 대한 대중의 관심이 점점 커져 갈 때였다. 1869년에 건설된 수에즈 운하는 런던에서 봄베이까지의 여행 거리를 절반으로 줄여 놓았다. 아울러 전신망이 전 세계로 뻗어 갔으며, 증권 거래소에는 활기가 넘쳤다. 신문과 잡지의 발행 부수도 크게 늘어났다. 이렇게 정보량이 급증하자 세계는 점점 확대되는 동시에 가까워지고 있었다.

베른은 이 모든 정보를 철저히 조사하여 면밀히 검토하고, 프랑스와 영국, 인도, 미국의 기차 시간표와 기선의 출항 시간을 일일이 확인했다. 달이나 해저를 탐험하는 것도 아닌 세계 일주가 현실과 동떨어진다면 대중들의 공감을 얻을 수 없을 것이라 여겼기 때문이다.

이처럼 사실에 기초한 지식을 구체적으로 작품 속에 펼쳐 보인 것은 지식과 과학을 통해 인류가 끝없이 진보할 것이라는 당시 사람들의 믿음과 관련이 깊었다. 베른은 사람들이 꿈꾸는 낙관적인 미래를 자신의 상상력과 결부시켰다.

그는 이렇게 말했다.

"스무 살 때 이상적인 꿈은 여행이었다. 나는 그 이상적인 꿈을 불완전하게밖에는 실현할 수 없었다. 그래서 상상 속에서 여행을 하기 시작했다."

쥘 베른의 묘지. 하늘을 향해 힘차게 손을 뻗은 그의 모습이 강렬하게 다가온다.

포그가 수에즈 운하를 이용하지 않았다면?

수에즈 운하는 이집트 북동부에 있는 수평식 운하로 아시아와 아프리카 두 대륙을 잇는 세계 최대의 해양 운하이다. 길이만도 162.5킬로미터에 이른다. 수에즈 지협에 운하를 파서 배가 오갈 수 있게 되면 지중해와 홍해의 교통 및 운수 발달에 큰 도움이 될 것이라는 착상은 고대부터 있어 왔으며, 여러 차례에 걸쳐 중요한 수로로 이용하기도 했다. 그러나 토목 기술이 발달하지 않아서 완전한 운하를 만들어 내지는 못하였다.

1860년대 공사 중인 수에즈 운하

1854년 프랑스 인 페르디낭 드 레셉스는 운하를 만들어 운영할 권리를 얻은 후, '만국 수에즈 해양 운하 회사'를 설립하였다. 그리하여 1859년 4월부터 공사를 시작하였다. 공사비가 모자라 프랑스에 도움을 청하기도 하고, 영국과 터키의 방해로 일시적으로 공사가 중단되는 등 우여곡절 끝에 1869년 11월 17일에 드디어 수에즈 운하가 개통되었다. 이날을 기념하여 베르디는 오페라 〈아이다〉를 작곡하였다고 한다.

페르디낭 드 레셉스

수에즈 운하의 개통으로 그 전까지 남아프리카공화국의 희망봉을 돌아가야 했던 선박들은 지중해를 거쳐 곧장 인도양으로 갈 수 있게 되었다. 그리하여 런던에서 싱가포르까지 24,500킬로미터였던 거리가 15,000킬로미터로, 런던에서 봄베이까지는 21,400킬로미터에서 11,400킬로미터로 단축되었다. 그러니 수에즈 운하가 없었다면 포그는 80일간의 세계 일주를 시도조차 할 수 없었을 것이다.

레셉스는 수에즈 운하의 개통으로 엄청난 명성을 얻었고, 그 덕분에 아카데미 프랑세즈의 회원이 되었다. 그러나 그의 말년은 좋지 않았다. 운하에 지나치게 집착한 나머지 파나마 운하 건설에 나섰다가 파산한 후 정신 착란을 일으켜 생을 마감했다.

사람들의 꿈을 대변한 상상 속의 여행은 백 년 후 현실이 되었다. 물론 진보는 그에 따르는 부작용을 낳기도 했다. 베른 역시 《20세기 파리》를 비롯한 몇몇 작품에서 불안한 미래를 경고하였다. 그러나 낙관적이든 비관적이든 미래를 예측한다는 것은 자신이 살아가는 세상에 대한 깊은 이해와 사랑을 전제로 한다. 그리고 그것이 더 나은 세상을 위한 밑거름이 되는 것이다.

생동감이 넘치는 문화 답사기

흔히 충실한 여행기는 훌륭한 문화 답사기라고 말한다. 이 작품에는 19세기 후반 각 나라에서 만난 사람들의 특징과 그곳의 독특한 풍습, 그리고 거리의 모습 등이 흥미진진하게 펼쳐진다.

베른은 이 작품을 비롯한 경이의 여행 시리즈를 지리학, 천문학, 동물학, 식물학, 고생물학 등의 과학적인 지식과 정보로 가득 채웠다. 그래서 그의 작품을 읽다 보면 마치 '백과사전'을 보고 있는 듯한 느낌이 들기도 한다.

베른은 작품을 쓰기 전에 먼저 수많은 참고 자료를 모아 놓고 가능한 사실적으로 쓰려고 노력했다. 《80일간의 세계 일주》에서

인도의 서티 풍습을 묘사한 그림

19세기 중국의 거리에서 흔하게 볼 수 있었던 거리의 이발사

사랑과 죽음의 여신, 칼리

힌두교에서는 창조의 신 브라만, 유지의 신 비슈누, 파괴와 생식의 신 시바가 우주 만물의 균형을 이루어 간다고 믿는다. 그리고 이 신들이 여신들의 여성적인 힘과 결합할 때 우주를 순환하는 에너지가 더욱 완벽해진다고 한다.

힌두교인들은 특히 파괴의 신 시바를 열렬히 숭배하는데, 칼리는 시바의 아내로 어둡고 잔인하며 난폭한 면을 대변하는 여신이다. 자애로움과 광포함의 양면을 지닌 시바의 아내는 우마(친절한 여자), 아나푸르나(많은 쌀을 주는 자), 가우리(빛나는 자), 칼리(검은 여자), 찬디(광포한 여자), 두르가(접근할 수 없는 자) 등의 여러 이름으로 불린다.

칼리 여신은 그 무시무시한 모습 때문에 더욱 눈에 띈다. 검은 피부에 날카로운 송곳니 사이로 새빨간 긴 혀를 늘어뜨리고, 손에는 칼과 잘린 목, 두개골이 달린 지팡이 등을 들고 있는 것으로 그려진다. 죽음을 다스리고 악을 물리치는 존재로 받아들여져, 오늘날 가장 많은 사랑을 받는 여신이 되었다.

잔혹한 칼리 여신. 강렬한 색상이 잔혹함을 더욱 강조하는 듯하다.

콜카타를 비롯한 뱅골 주에서는 특히나 칼리 숭배가 성행하고 있다고 한다. 콜카타에 있는 칼리 사원은 콜카타 최대의 관광지로 각광을 받고 있는데, 이곳에서는 지금까지도 날마다 살아 있는 염소를 제물로 바친다.

나타나는 인도의 서티 풍습이나 홍콩의 아편굴, 기차를 가로막는 들소 떼와 인디언의 습격 등 생생한 모험담 등은 당시의 각종 여행서와 잡지 《세계 일주》를 바탕으로 쓴 것이었다.

그러나 아쉽게도 우리나라의 19세기 모습은 나타나 있지 않다. 대신에 홍콩이나 일본의 요코하마 등의 모습은 비교적 비중 있게 그리고 있다. 하지만 "중국이나 일본 같은 험난한 나라를 떠나 다시 문명 세계로 돌아가고 있으니"라는 파스파르투의 말에서 알 수 있는 것처럼, 이따금씩 아시아에 대한 왜곡된 시각과 식민주의를 아무런 반성 없이 받아들이는 모습도 엿볼 수 있다. 시대를 앞서 간 쥘 베른도 아시아는 미개하고 야만적인 곳이라는 당시 유럽 인들의 편협한 생각을 벗어날 수는 없었던 모양이다.

위기를 극복하게 하는 힘

아무리 꼼꼼히 계획한 여행이라도 우여곡절을 겪게 마련이다. 짐이 중간에 사라져 버린다든지, 여권을 잃어 버린다든지, 배탈이 난다든지 하는. 하물며 포그처럼 가방 하나 챙겨 훌쩍 떠난 세계 일주 여행에서야 더 말할 필요가 있겠는가. 교통망도 잘 갖추어지지 않은 데다가 인터넷이나 휴대 전화는 꿈도 못 꾸던 시대였으니 말이다.

포그 일행은 여행 도중 여러 차례 예기치 못한 위험에 빠져 내기에 질 뻔한 상황에 처한다. 인도를 횡단하는 철로가 끊어져 있는가 하면, 파스파르투가 실종된 일도 있었다. 인디언에게 습격을 당하기도 했고, 출항 시간에 늦어 거금을 주고 배를 사기도 했다. 그러다 마지막에는 그림자처럼 따라다니던 픽스에게 체포되어 모든 것을 잃을 뻔했다.

포그는 이처럼 살얼음 위를 걷는 듯 위태로운 위기의 순간을 특유의 냉철함으로 과감하게 극복한다. 그리고 그때마다 큰 힘을 발휘하는 것은 포그의 돈이다.

사실 포그가 어떻게 부자가 되었는지는 소설 속 어디에서도 알려 주지 않는다. 포그(Fogg)는 'fog(안개)'와 같은 발음의 이름을 가진 사람답게 정체가 모호하고 비밀스러운 인물이다. 이렇

듯 과거를 알 수 없는 카리스마 넘치는 주인공은 쥘 베른의 작품
에서 두드러지게 나타나는 특징이기도 하다.

위기의 순간을 돈으로 해결하는 포그의 모습에서 모든 가치가
돈으로 환산되는 산업 사회의 단면을 발견할 수 있다. 베른은 과

런던 팰맬 가 104번지 개혁 클럽

개혁 클럽의 회원인 필리어스 포그는 클럽의 동료들과 내기를 걸고, 세계 일주를 마친 후 개혁 클럽으로
돌아간다. 《80일간의 세계 일주》에서 중요한 배경이 되는 개혁 클럽은 단순히 쥘 베른의 상상력이 만들어
낸 곳일까?

런던의 팰맬 가 104번지에 가 보면 정말로 개혁 클럽(Reform Club)이 있는 것을 확인할 수 있다. 개혁 클럽
은 1836년 에드워드 엘리스에 의해 창설된 것으로, 1841년 찰스 배리 경이 건축한 호화로운 건물을 아직도
그대로 간직하고 있다.

1832년 선거법 개정 이후 새롭게 정치에 뛰어든 자유당원들은 개혁적인 사고를 공유하고 사회적으로 교
류를 쌓기 위한 공간이 필요했다. 개혁 클럽은 이러한 필요성으로 설립된 것이었다. 세월이 흐르면서 개
혁 클럽은 점차 회원들에게 특정한 정치적 관점을 요구하지 않는 순수한 사교 모임의 성격을 띠게 되었고,
1981년부터는 여성도 회원이 될 수 있었다.

1840년대 개혁 클럽의 내부를 묘사한 그림

처음 설립된 이후 여전히 그 자리를 지키고 있는 개혁 클럽

회원들 중에는 윌리엄 글래드스턴을 비롯하여 윈스턴 처칠, 헨리 제임스와 같은 유명한 정치인은 물론이
고, 아서 코난 도일, 윌리엄 새커리, 허버트 조지 웰스 등의 작가도 있다.

시간을 맞추기 위해 거금을 주고 배를 구한 포그

학과 기술의 발달에 따른 사회의 진보를 굳건하게 믿었던 만큼, 그의 작품 전반에 산업 사회의 특징들을 고스란히 드러내고 있다. 그리하여 거리를 시간으로 환원하고, 또 그 시간을 '돈'으로 환원하는 것이다.

그러나 베른은 돈의 가치를 맹신하지는 않았다. 작품 속에서 포그는 명예를 위해 무모하리만치 터무니없는 내기로 여행을 시작하고, 생면부지의 아우다를 구하기 위해 소중한 시간을 포기한다. 프록터 대령과의 결투나 인디언에게 납치된 파스파르투를 구하려는 결심 등은 돈이라는 것으로는 쉽게 설명할 수 없는 인간적인 면모이다.

결국 위기의 순간마다 진정으로 힘이 된 것은 사람에 대한 믿음과 포기하지 않는 도전 정신이었다. 포그는 정말로 중요한 것이 무엇인지 알고 있었기에 매 순간 냉정하고 당당하게 행동할 수 있었던 것은 아닐까?

여행의 의미 변화, 거리에서 시간으로

'80일간의 세계 일주'는 세계의 공간적 넓이와 거리를 '80일'이라는 시간으로 바꾸어 버린 표현이다. 기술의 발달은 여행에서 거리의 의미를 차츰 희미하게 만들었고, 사람들은 어느새 시간으로 여행을 파악하기 시작하였다. 교통 수단이 늘어나면서 같은 장소를 가더라도 십 년 전과 지금이 다르다. 말하자면 공간적 거리는 변함이 없어도, 시간적 거리는 점점 가까워지는 것이다.

베른에게 빚을 지다

쥘 베른이 왕성하게 작품을 써 나가던 당시, 비평가들은 그를 아동 문학의 개척자로 여겼을 뿐 프랑스 문학에서 차지하는 위치는 인정하지 않으려 하였다. 그는 레지옹 도뇌르 훈장을 받았고 아카데미 프랑세즈가 주는 문학상도 받았지만, 아카데미 프랑세즈의 회원은 되지 못했다. 수십 차례 후보로 이름이 올랐는데도, 보수적이고 완고했던 당시의 프랑스 문학계는 쥘 베른을 대가로 인정하기를 주저했던 것이다. 베른은 자신이 프랑스 문학에

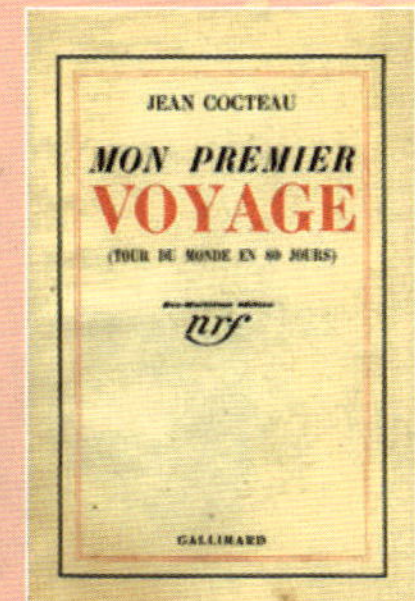

장 콕토의 《다시 떠난 80일간의 세계 일주》 영어판과 불어판

서 한 번도 제대로 평가받지 못했다는 점을 두고두고 아쉬워했다고 한다.

그러나 후세의 작가들은 그의 작품의 깊이에 매혹당하여 진심 어린 헌사를 보냈다. 프랑스의 대표적인 작가 르 클레지오는 쥘 베른을 빼놓고는 자신의 유년 시절을 이야기할 수 없다고 했다. 그는 "글을 쓰면서 그의 영향을 받지 않았다고 확신하는 작가가 과연 있을까요?"라고 물을 정도였다.

시인이자 소설가이며 영화감독인 장 콕토(1889~1963)는 연인이었던 마르셀 킬과 함께 필리어스 포그의 여정을 따라 '80일간의 세계 일주'를 감행하였다. 이 여행을 통해 그는 상상이든 현실이든 낯선 곳으로 가는 꿈을 실현하는 것은 모두 다 여행이라는 점을 깨달았다고 한다.

이 밖에도 사르트르, 빌리에 드 릴라당, 미셸 투르니에, 베르나르 베르베르 등의 작가들이 어린 시절에 읽은 베른의 작품에 깊은 애착을 갖고 있다고 주저 없이 말하였다.

'북경, 만리장성 4일', '태국, 캄보디아 6일', '지중해 3개국 10일'. 여행사들의 해외 여행 상품 안내이다. 시간이 얼마나 걸린다는 설명만 나올 뿐, 여행지가 얼마나 먼 곳인지는 굳이 밝히지 않는다는 것을 알 수 있다. 단 며칠 안에 원하는 곳을 다녀올 수 있다는 표현으로 우리는 세계 곳곳을 더욱 친근하게 여기게 된다.

《지구에서 달까지》 중 달로 로켓을 쏘아 올리기
위해 준비하는 장면

이제 공간적 거리의 한계는 거의 무시해도
되는 세상에 와 있는 것이다.

인터넷은 공간의 의미를 더욱더 축소시
킨다. 우리는 원하는 곳에 대한 정보를 몇 번
의 검색과 클릭으로 손쉽게 얻을 수 있다. 게
다가 한 화면으로 서로 다른 여러 공간을 동
시에 감상하고 비교할 수도 있다. 그렇게 얻
은 정보는 어느새 나의 것이 된다.

그러나 공간과 시간을 마음대로 통제할
수 있을 것이라는 착각은 금물이다. 쥘 베른
이 《80일간의 세계 일주》를 통해 거리에 대
한 개념을 시간으로 바꾸어 버린 이후로, 우
리는 엄청난 기술의 발전에 힘입어 과거에는 꿈에서조차 생각지
못할 만큼 엄청나게 많은 시간을 단축시켰다. 그런데도 우리는
늘 시간에 쫓겨 살며, 시간이 부족하다고 투덜거린다.

《톰 소여의 모험》을 쓴 작가 마크 트웨인(1835~1910)은 1895
년 일 년 동안 증기선을 타고 세계 일주를 마친 후
이런 글을 남겼다.

"세계 일주 여행은 사우샘프턴 항구에서 끝이
났다. 비교적 짧은 기간에 세계 일주 항해를 마쳤
다는 데 대해 나는 은근히 뿌듯해졌다. 그러나 그
런 기분은 잠깐에 불과했다. 천문 관측소에서 나온
발표에 따르면, 먼 우주 별빛이 지구에 도착할 때
까지의 속도와 거리로 계산했을 때, 내 여행 코스
는 불과 1분 30초에 지나지 않는다는 계산이 나왔
다. 그러므로 내 허영심은 깨끗이 무릎을 꿇을 수

마크 트웨인

밖에 없었다. 인간의 자만심이란 이처럼 덧없는 것이다. 조금만 귀를 열어 두어도 이처럼 금세 코가 납작해진다."

우주의 시간에 비하면 우리가 늘 다급하게 쫓아가는 시간이란 얼마나 무의미한 것인지, 한 번쯤 곰곰이 생각해 볼 필요가 있다.

여행! 비우고, 떠나고, 채우기

우리에게 여행은 어떤 의미인가? 단순히 새로운 장소를 내 눈으로 직접 확인하는 것, 그리고 그것을 통해 꼭 눈에 보이는 무언가를 얻어야만 하는 것으로 생각하고 있는 건 아닌지……. 쥘 베른은 《80일간의 세계 일주》의 마지막 장면에서 이렇게 질문을 던진다.

포그가 이 여행에서 얻은 것은 무엇이었을까?

그리고 이렇게 대답한다.

사실 우리는 그보다 훨씬 하찮은 것을 위해서라도 기꺼이
세계 일주를 하지 않을까?

'하찮은 것'이라는 말은 '아무런 대가가 없어도 자신이 꼭 이루기를 원하는 것'이라는 표현의 다른 말은 아닐지. 평생을 바쳐 청소년을 위해 글을 써 온 쥘 베른. 그는 그토록 사랑하는 청소년들이 자신이 원하는 것을 이루기 위해 과감히 도전하고 모험을 두려워하지 않는 용기 있는 사람이 되기를 바랐던 것은 아닐까?

백 년이 넘어서야 빛을 본 베른의 작품

쥘 베른은 자신의 작품을 통해 진보에 대한 낙관적인 비전을 제시하는 동시에 그 이면의 문제들에 대해 질문을 던지고자 하였다. 전쟁, 식민 통치, 자유를 갈망하는 사람들의 요구, 자본주의의 확산과 인류의 미래에 대한 질문들이 그것이었다.

이러한 생각이 잘 담긴 작품이 1994년에 출간된 《20세기 파리》이다. 이 작품은 1863년에 완성된 작품이지만, 에첼이 경이의 여행 시리즈로 적합하지 않다는 판단 아래 출판을 거절하는 바람에 자그마치 백 년 넘게 잠을 자고 있었다.

《20세기 파리》는 과학에 지배당한 세계에서 자신의 길을 찾는 젊은 시인의 이야기를 다루고 있다. 베른이 예측한 20세기의 파리는 완전히 자동화가 되고, 소음이 전혀 없는 지하철과 가스로 움직이는 자동차들이 다니는 곳이다. 세상은 인간의 감정과 시(詩)를 희생시키면서까지 과학과 돈에 집착하는 모습으로 묘사된다.

작가는 이 작품에서 돈과 기업의 위력이 인간에게 미치는 악영향을 짚었다. 인간은 기업에 지배당하고 자유를 짓밟힌다. 그 결과 사람들은 타락하고 문화와 예술은 쇠락한다. 현대 사회를 돌아보면 베른이 예상한 모습과 그다지 다르지 않음을 느낄 수 있다.

전반적으로 비관주의로 가득 찬 이 작품은 기술 발전에 대한 찬사를 담고 있는 다른 작품들과 확연히 다르다. 베른이 이 작품을 탈고한 시기를 생각해 보면 참으로 아이러니하다. 과학의 진보에 대한 찬사를 하기 전에 과학과 기술의 발전이 가져올 미래 사회의 단면을 냉정하게 짚은 셈이다.

1994년에 출간된 《20세기 파리》

우리에게 '바람의 딸'로 잘 알려진 한비야. 그는 어릴 적 꿈꾸었던 '걸어서 세계 일주'를 이루기 위해 국제 홍보 회사의 간부 자리를 과감히 내던지고 7년간 세계 곳곳의 오지를 누볐다. 오지 여행으로 명성을 얻었지만, 거기에 머무르지 않고 마흔셋이라는 적지 않은 나이에 중국어를 배우기 위해 베이징에 둥지를 틀었다. 그리고 일 년 후에는 '긴급 구호 요원'이라는 낯선 직함을 들고 다시 새로운 세상에 뛰어들어 세계 도처에서 구호 활동을 벌이고 있다.

　무엇이 그를 세계의 곳곳으로, 그 힘든 도전 속으로 이끈 것일까? 그는 자신이 하고 싶은 일을 하기 위해 든든한 배경과 기득권을 미련 없이 버렸다. 그것이 자신의 가슴을 뛰게 하

한비야의 《중국견문록》과 《지도 밖으로 행군하라》

고 피를 끓게 만드는 일이기에 새로운 도전을 마다하지 않았던 것이다. 그리고 그 일에 혼신의 힘을 다해 결국 스스로 가장 만족하는 삶을 살고 있다. 한비야의 여행은 옛것을 비우고 그 자리를 새로운 것으로 채우기 위한 도전이었던 셈이다.

　이러한 도전은 특별한 도전 정신을 가진 어느 개인만이 할 수 있는 것은 아니다. 집을 팔고 세계 일주에 나선 가족도 있었다. 세계 일주를 하겠다고 살던 집을 팔아 치우다니, 어찌 보면 너무나 무모하게 보인다. 하지만 그들은 마음속에 그보다 더 큰 집을 마련했다고 여겼을지도 모른다.

　버리거나 비우지 않고 오로지 얻고 채우려는 것은 한낱 욕심에 불과할 뿐이다. 진정한 여행은 자신을 비우고 빈자리에 다시 새로운 것을 채우려는 적극적인 몸짓을 할 때 가능한 것이다.

　우리들의 삶을 여행으로 볼 수 있다면, 지금까지 우리는 어떤 여행을 했던 것인가? 또 앞으로는 어디로 여행을 떠날 것인가? 포그가 선뜻 이만 파운드를 걸고 세계 일주를 떠났듯이, 우리도 조금은 무모해 보일지라도 새로운 것으로 빈자리를 채울 수 있는 그런 가치 있는 도전을 해 보는 건 어떨까.

푸 른 숲
징 검 다 리
클 래 식
0 0 9

80일간의 세계 일주

첫판 1쇄 펴낸날 2007년 1월 15일
15쇄 펴낸날 2024년 8월 30일

지은이 쥘 베른 **옮긴이** 송무
발행인 조한나
주니어 본부장 박창희
편집 박진홍 정예림 강민영
디자인 전윤정 김혜은 **홍보** 김인진
회계 양여진 김주연

펴낸곳 (주)도서출판 푸른숲
출판등록 2003년 12월 17일 제2003-000032호
주소 경기도 파주시 심학산로 10, 우편번호 10881
전화 031) 955-9010 **팩스** 031) 955-9009
인스타그램 @psoopjr **이메일** psoopjr@prunsoop.co.kr
홈페이지 www.prunsoop.co.kr

ⓒ푸른숲주니어, 2007
ISBN 978-89-7184-702-2 44860
　　　978-89-7184-464-9 (세트)